忘れな草

沖田臥竜

CYZO

装丁・本文デザイン
鈴木俊文（ムシカゴグラフィクス）

平成19年9月1日

憎しみを覚える。殺意すら感じる。なぜ奴は面会へとやってこんのだ。

「好きにせんかいっ！　このアホンダラぁっ！」

そう言えるものなら、言ってやりたい。声を大にして。でも、それができないコトを知っている。なぜならば本当に「好きに」されてしまうからだ。

オレは奴に見捨てられてしまうと、「みなしごハッチ」になってしまう。ハッチなら捜す母親がいるからまだいい。オレの母親ときたら、もうオレの存在自体を抹消している。文字通り、天涯孤独になってしまう。実に困る。

実際、恐怖すら感じてしまう。

今のオレにできるコトといえば心の中で奴を罵倒し、シーツをギィーッと噛み締めるコト。あとは、小説を書くコトくらいだ。こんな精神状態でどんな物語を紡ぎ出せるのか、書いている本人からして甚だ疑問であるが、書くコトで多少なりとも落ち着けるのは事実だ。

「今に見ておれ！」。その一念だけで鬼のように書く。手のひらを返した奴ら。特に、お前だっ！　オレが作家様となり、世の人々から「先生」と呼ばれるところまで辿り着いた暁には、死ぬほど後悔させてやるからなっ！

そんな妄想と……。いや失礼、「妄想」ではオレに失礼だ。そんな愚行と……。いや違う。もっと違う。「愚考」もオレに失礼だろう。そんな野望……。う～ん、これもイマイチ美しさに欠ける。そんな理念……。まぁ、この辺りかって、いったい一人で何をぶつぶつと言っているのだ。

そんな理念と数々の思惑が入り乱れた中で、恋愛小説を書く。

オレが作家になれば、あのバカもきっと面会へと来なかったコトを詫びるはずだ。10日も手紙を出さなかったコトを反省するはず。

だけど、今は詫びもせぬし反省もしない。なぜか？　答えは簡単だ。オレが「作家様」でないからだ。刑務所に養ってもらっている可哀想な受刑者だからだ。

現実として奴を怒る権利すらオレには与えられていない。なのに、奴から怒られる義務だけは果たさなくてはならないようで、パクられて1年半も経つというのに、2年も前にキャバクラのネエちゃんとかわしたメールのやりとりを、いまだにネチネチと言われる。

早いところ娑婆へ出たい。一歩、娑婆にさえ出れば、今、オレを苦しめる悩みのほとんどが解決されるだろう。もっとも出れば出たで、また違うコトで頭を悩ましているのだろうけど……。

受刑生活はまだ2年4ヶ月続く。奴と三人のチビはオレの帰りを本当に待っていてくれるだろうか。不安はいつだって恐怖とともにやってくる。

「好きにしくさらんかいっ！　このアホンダラぁっ！」

やっぱり言えんよな……。

今日の夕方、昔よく聞いた曲がラジオから流れてきたコトを最後に書き記しておこう。思わず流れるメロディに当時を思い出してしまい、胸を詰まらせてしまった。

それだけのコト。たったこれだけのコトだけど、塀の中ではなんだか得した気分になれて、良いコトでも起こってくれそうな、そんな気持ちにさせてもらえる。

クドいようだが、我が旅路はあと2年4ヶ月続く。自業自得とはいえ、長いよなぁ……。

平成22年2月

こんなものか――。

前刑の10年を務め終えた時もそうだった。あれだけ待ち焦がれ、恋い焦がれた娑婆だというのに、いざ社会に戻ると時の流れの早さに戸惑うばかりで息苦しさしか感じなかった。中には中の世界があって、中の文化もあり、独特の価値観ができあがっている。外の社会には人々の営み、それぞれに人間模様が存在する。どちらの苦悩が深いのか、一概には言えないが、外に出ると社会のほうが、はるかに複雑だというコトに気付かされる。

月に二度もしくは三度、時間にしてわずか10分程度の面会時間を何よりの楽しみにして、10日も手紙が届かないだけで情緒不安定になり、狭い独房をのたうち回っていた。毎日、来る日も来る日も、女に見捨てられはしないか、という恐怖に縛られ、喜怒哀楽の振り幅が激しくなり、感情は揺れまくる。刑の終了まで変わるコトなく繰り返される日々。

だけど、もしかしたら極限まで制限されて自由を剥奪された塀の中のほうが、実は幸せなのかもしれない。それは思い出の詰まった曲がラジオから流れただけで、夕食がちょっとうまかっただけで、ささやかな幸福を得るコトができるからだ。社会ではそんなコトで満たされるコトもなければ、そんな小さな幸せを気付くコトすらない。

限りない自由な生活よりも、限られた不自由な時の中で、ささやかな楽しみに喜びを見出すコトのほうが、幸せというのは矛盾しているかもしれない。けど、それはそれで悪くはないのではなかろうか。

出所して1ヶ月が過ぎた頃だった。オレが樹愛《きあい》と再会したのは……。

前刑の経験からいって、この時期が何をするのも一番タルい。一言で言えば「ムショボケ」。それはそうだろう。遠い異国の街で何年もの間、捕虜となり24時間、見張られ続けた生活から一転して、自由の街、たとえばニューヨークに放り出されたとしたら、うまくやっていけるわけがない。馴染むまで時間もかかる。したり顔で刑務所は社会の縮図などと話す奴がいるが、そんなのはまったくのウソだ。オレに言わせれば、良くも悪くも中は中。外は外。つまり、まったくの別世界だ。

塀の中で描いていた青写真と出所後の現実とのギャップに折り合いをつけながら、オレは毎日を生きていた。いや、生きのびていた。

「好きにせんかいっ！　このアホンダラぁっ！」

と怒鳴るコトも、作家様となって世の人たちを後悔させるコトもいまだにできていなかった。この先も現実にはなりそうにないけれど、懲役を待ってくれていたと言っていいのか迷う部分もあるが、とりあえずリノに見放されることはなかった。そして、三人のチビたちも「じゅり！　じゅり！」とオレの名前を呼びながら、ママと一緒に娑婆に適応するためのリハビリ生活に付き合ってくれていた。

中で夢にまで見た暮らしが今、目の前にあった。

願い続けていた未来のカケラがそこにあった。

今度、この暮らしを見失えば、世の人たちを後悔させる前に、オレが誰よりも後悔するであろう。そんなコトはわかっていた。わかっているのに、なぜか心が満たされない。ヤクザのオレが「うつ」などと言ってしまって良いのか、わからないけど、そういう症状にムショボケってヤツはよく似ている。あと2、3ヶ月もすれば、社会の水にも慣れ、次第に世の中と融合していけるだろう。それまでの辛抱だった。

「あいくんっ、樹里とコンビニ行こか？」

タバコが切れたオレは、午後10時をすぎても眠りにつくどころか、ますます元気になってママにマシンガントークを連打する一番下のチビに声をかけた。出会った頃はまだ保育園児だった彼も、懲役から戻ると小学四年生に成長していた。

「だめっ。もう寝る時間でしょ。こんな時間に出歩いたら、塚口みたいなヤクザになるからダメですっ」

塚口とは他でもないオレのコトだ。あいのすけに声をかけたつもりだったけれど、リノにぴしゃりとはねつけられてしまったオレは、シブジブ一人でコンビニへと出かけるコトにした。

「まってぇー、じゅりぃ！　まって、まってぇっ！」

玄関から出ようとしたオレの背中に、まだまだ幼さを残したあいのすけの声が慌ただしく追いかけてきた。ママのお許しが出たものかと振り返った。

「ママがタマゴ買ってきてちょうだいやって。それとキャバクラなんか寄らんと真っ直ぐ帰ってきなさいよ、やって」

振り返るんじゃなかった。そんな気分に襲われたせいか、歩いて2分とかからない目の前のコンビニには行く気にはなれず、車で10分以上かかる国道沿いのコンビニまで出かけることにした。黒塗りのセルシオの車内に昔よく聴いていた曲が、ラジオから流れてきた。それは思い出がぎっしり詰め込まれた曲だった。

虫の知らせ。あとから思えば、この時、この曲がそうなるのかもしれない。どこか心地良い、そんな軽い感傷に浸りながら、オレはアクセルを踏んでいた。

「タマゴ……タマゴ……」

口に出してコンビニの中をさ迷うオレは、やはりムショボケなのだろうか。無事にタマゴのパックを発見したオレは、迷わずパックに手を伸ばした。

一瞬、本当にドラマかと思った。現実には起こりえないけれど、小説やドラマの中ではよくあるシーンに出くわした。オレが掴もうとしたパックに、他の手が伸びてきたのだ。同時に、オレは反射的に手を離した。

「あッ、どうぞっ！」

オレはこう見えて案外、人が良かったりする。ウソではない。本人以外にあまり知られていないだけだ。でも、この時ばかりはオレの人の良さが伝わったはずだ。そのぐらいマヌケな顔をして、卵を譲った相手を見ていた。なのに、その相手の顔には微塵も驚きの様子はなかった。

「あっ、じっちゃんやんっ」

あの頃とまったく同じ声だった。オレのよく知ってる声だった。「じっちゃん」、彼女はオレのコトをこう呼んでいた。

「樹里ってゆうんとちゃうん。アタシも樹木の樹ってゆう字に愛ってかいて、きあいってゆうねん。セイヤァ、ハッ！」

初めて樹愛と言葉をかわした時、彼女はそう言いながら腰にコブシをもっていくと正拳突きのポーズをとった。察するにだ。「樹愛」と「気合い」をかけたのではないかと思われる。

ずっと好きだった。初めて言葉をかわしたこの時、中学二年の夏より、ずっとずっと前からオレは樹愛のことが好きだった。

樹愛はたまたまその時、誰かに聞いて、オレの名前が樹愛と同じ樹木の樹という漢字に里と書いて「じゅり」と知ったのかもしれないがオレは違った。小学二年の時から樹愛の名前は知っていた。

「久しぶりやね、じっちゃん」

そんな言葉で語り尽くせないほどの時間が経っていた。15年。そう15年ぶりだった。

樹愛は年をとらないのだろうか。そう思ったのは、レジで会計を済ませコンビニ横の自動販売機の前で、これまでのオレの消息をかい摘んで話している時だった。

15年前、別れたあの夜のままの彼女が時を越えて、目の前にいるように思えた。話す仕草も、微笑む顔もあの頃とほとんど変わっていない。こちらはずいぶんと汚れ、おっさんになってしまったというのに。

「アトピー、大丈夫なん？」

「えっ、アトピー?」

そう返したオレの手を樹愛は掴んでみせると、長袖シャツの袖をまくり上げた。

「あっ!　入れ墨入ってるやんっ」

アトピーの調子を見ようとした樹愛だったが、手首までびっしり突かれたスミを見て、そっちに気がとられてしまったようだ。

「しゃぁないやん。ヤクザですもの」

「ヤクザですものって、ほんま、じっちゃんは相変わらずやな」

「そうかな」

美しかった。見せてくれた表情の一つ一つ、そのすべてが美しかった。芸能界の最前線で生きる二十代の女優たちでさえ、樹愛の前では霞んでしまいそうだ。

こんな女性がオレの隣にいてくれたなんて。オレみたいな男を愛していたなんて。今では冗談にもならないくらい、遠い昔の話だ。もし、オレがもっと違う生き方をしていれば、樹愛は今もオレの隣にいたのだろうか。そうすれば、リノとも、三人のチビとも出会うコトがなかったことになる。欲張りなオレはどちらも失いたくない、なんてコトを考えていた。

「しかし、ほんま樹愛は変わってへんな。昔のまんまやんけぇ」

「えっ、そんなコトないよぉ。目尻にシワだってできたしさぁ。でも、じっちゃんは変わったね。なんかおっちゃんになってもうたやん」

そう言いながらオレの顔をまじまじと見た樹愛は、クスクスッと笑った。オレも彼女もありのままを口にしただけ。彼女と別れたのはハタチの時だ。思い出すのも嫌になるくらい、オレは彼女を傷つけた。そして、オレも同じくらい傷ついた。

彼女と別れて15年。オレはその間、ほとんどの歳月を懲役に捧げてきた。樹愛はどんな時間を重ねて今があるのだろうか。

「なんかや、このまま別れんのもあれやから、ちょっとだけそのへんを、ぶらっとでもせえへんかぁ？」

焼けぼっくいに火がついたわけでも、未練とかいうヤツでもない。確かに樹愛と別れてから、オレの時は何年も止まったままだった。何年も彼女のコトを引きずって生きていた。だけど、リノと出会ったコトで、樹愛と笑い合った時間も、ささいなコトでケンカした夜のコトも、初めて渡したプレゼントのネックレスもすべてが思い出に変わっていった。

思い出は思い出として大切にしまってあるけれど、あの頃に戻って無邪気に笑い合うコトは、もうできやしない。ただ、このまま別れるのがなんとなく惜しくて、もう少しだけ樹愛と話がしたかった。ただそれだけだった。

「じっちゃん、優しい彼女は見つかったん？」

あの時と同じ質問だった。

――じゃあ、今度はアタシから質問な。塚口樹里くんは彼女ができましたかぁ？

オレも知りたいところだ。何もオレに優しい彼女が見つかったかどうかではない。樹愛のコトをだ。塀の中で聞いたウワサ話では、この街の大物組長の御曹司と一緒になった、と耳にしていた。けれど、それ以上のコトは何も知らなかったし、中では知りたくもなかった。あの時はもうこれ以上、傷つくのが嫌だったのだ。

今なら聞けた。聞きたかった。だけど、聞く必要はなさそうだった。助手席に座る樹愛はもの凄く幸せそうな顔をしている。

オレなんかより、きっと良い男なんだろう。

こんな日が来るなんて思いもよらなかったけど、時間が風化させたのか、それとも自分勝手だったオレにも、思いやりなんてものが芽生えたのか。樹愛の幸せそうな顔が素直に嬉しかった。

「若い衆三人連れとってな、その三人がみんなやんちゃでや。ごんたばっかしよんねんけど、今はそのチビらが何より大事やねん。女と一緒にどんな大人になっていくか、見守っていけたらなって思ってんねん。女はオレにめっちゃキツイからな、樹愛のいう優しい彼女は見つけれんかったけれど、幸せにしてやりたいって思えるような女を見つけるコトはできたで」

言ってるうちになんだかコッパずかしくなってきてしまい、オレは茶化すように笑い飛ばした。

「良かったなぁ。だからアトピーもひどないんや。だって、じっちゃんはイライラしたら、体かきむしるクセあるもんな。血が出とっても、かいてかいてかきむしるやん。腕もきれかったし、首もマユゲもかきむしった痕ないから、イライラしてへんねんなって思っとってん。キツイ彼女と三人の若い衆のおかげやな」

そういえば、樹愛と別れる前はいつだってイライラしていた。若気の至りなんて言葉でおさめきれない罪を数多く犯してしまった。自分に流れる狂暴な血を持て余して仕方なかった。合計13年にも及ぶ刑務所暮らしで、矯正されてしまったのか、年を重ねるとともにカドがとれたのか。自分でもわからないが、言われてみれば、いつの頃からか、イライラするコトが少なくなった。同時に体をかきむしるコトもなくなっていった。樹愛の言う通り、リノとチビたちのおかげかもしれない。

「そんなかいとったかなぁっ」

「かいとった、かいとった。ちょっとでも気に入らんコトがあったら、マユゲが全部なくなるくらい、爪でギィーッて、かいてたやんかぁ」

爪でギィーッとやる樹愛の仕草が子供みたいで可愛くて、どう見ても、オレと同じ三十代のおばちゃんには見えない。

樹愛と逢うコトなんてもう二度とないと思っていた。いつからか、逢うコトすら怖くなっていた。

散々な言葉を口にした。散々なコトを繰り返した。散々な別れ方を演じてしまった。樹愛に嫌われてるというよりも、憎まれていると思っていた。現に、そうだったと思う。まさかこんな風に偶然再会し、同じ空間で笑い合うなんて、この世どころかあの世ですらないと思っていた。

「あっ　この曲やんっ。ほらっ、昔二人でよう聴いたやんかっ。ちょっと、あんたぼーっとしてるけど、覚えてんのっ？　アタシがじっちゃんに教えてあげた歌やでぇ」

あんたと来やがった。しかも、ぼーっとしてるけどとまで言われてしまった。会話の合間に割り込んできたスローバラード。ラジオから流れ出てきたメロディは、またあの曲だった。

15年ぶりの再会。タイミングを見計らったように流れる、二人の思い出の曲。偶然にしてはでき過ぎてやしないか。本当にドラマみたいだ。

平成19年11月24日

　懲役の冬は早くやってくる上に恐ろしく寒い。寒がりなオレは毎年11月も半ばを過ぎると、もう冬の到来にビクついてしまう。

　それにしても、今日のオッサン（担当）には腹が立った。午後の休憩中の話だ。担当台からハンドマイクで「塚口！」と呼びやがるので、待ちに待った面会かと思い、普段は何があっても走るコトのないだらけ切った懲役のオレが、駆けてオッサンの元へ急ぐと、

「足おろせっ」

　殴ってやろうかと思った。お前のほうこそ担当台から引きずり下ろしてやろうかと思った。イスに座っている時に組んでいた足を下ろせと言うためだけに、オレを走らせたのだ。怒鳴ってやろうかと思った。このコトだけは忘れないように日記につけてやろうと、作業中も怒りの中で考えていた。

　――おいっ、担当よ。あんまりオレを怒らせるなよ！　もしシャバで家族そろって買い

物してるところでも遭遇してみろ。嫁はんと子供そろって行進させてやるからなっ！　あんまりオレを怒らせるなよっ！

こんなコトを薄暗い独房でブツブツ言いながら書いていると、なんだか惨めな気になるのは気のせいだろうか。オレって奴はこんなにも根暗だったのか⁉

そもそも、あのクソ女のせいではないか。奴がシャキっと面会にきてれば、こんな思いをするコトもなかったのだ。何が、次は10月の終わりに来るだぁ、10月どころか11月も終わってしまうだろうがぁ！　お前も行進させたろかいっ！　面会も来んし、手紙も来ない。あげくオッサンのアホには怒られるし、すこぶる最悪な気分だ。

11月24日、そういえば、今日は樹愛の誕生日か。こんなオレを見たら、あいつはなんて言うだろうか。あれから十何年も経つというのに、忘れることなく覚えている樹愛の誕生日。樹愛も今日で32歳か。子供の頃、自分が30歳になるなんて、想像どころか信じるコトもできなかったけれど、樹愛の32というのも、とてもじゃないが想像できんよな。

オレの記憶の中の樹愛は、いつまでもあの頃（ハタチ）のままで、

「じっちゃん、かいたらいかんてっ！」

イライラして体をかきむしるオレをたしなめてくれる。そのせいで「かいたらいかんて」を彼女の口癖にしてしまった。

風の便りで樹愛が結婚したと聞いたのは、いつだったろうか。その時、オレはやっぱり塀の中にいて、そのウワサ話を聞かされた。もう何年も前の話だ。

今日という日を樹愛はその家族たちに祝ってもらっているのだろうか。祝ってもらっていたらいいいな、幸せだったらいいなと思えるまで10年近くかかったけれど、今なら素直に言えそうな気がする。

オレも大人になったというコトか……。

女が面会に来んだけで行進させたろかいって言ってるようじゃ、まだまだやわな。いつの日か今日のコトだって、時間が楽しい思い出に変えてくれるのだろうか。明日もどうせ面会はないだろうな。

秋風が黄昏れとともにやってきて、狭い独房を吹き抜けていった。

――樹愛、元気でやってるか。

オレは相も変わらず塀の中で暮らしとるわ。良くも悪くもこれがオレの人生やからな。

「自分の人生やねんから、もっと大切にしないかんて、じっちゃん」

泣きながら、樹愛が言ったあの言葉。もう忘れてるかもしれんけど、オレは時折思い出しては、そうやわなって、一人つぶやいたりしてんねん。

樹愛には憎まれてるのも、恨まれてるのもわかってる。わかってるけど、いつか時間が経ってどっかで偶然おうたら、こんなアホなオレのコト許したって欲しい。

誕生日おめでとう、素敵な人生になるコトを陰ながら祈ってます。

平成元年夏

「樹里ってゆうんとちゃうん。アタシも樹木の樹ってゆう字に愛って書いて、きあいって言うねん。セイヤア、ハッ！」

中学二年の夏。渡り廊下ですれ違いざまに、樹愛のほうからいきなり声をかけてきた。

突然のコトだったので、オレはひどくアガってしまい、うまく話せなかったのをよく覚えている。

「キアイーッ！」

女子たちが大声を上げて、渡り廊下の向こうから樹愛に呼びかけてきたので、初コンタクトはそこで終わってしまった。

なぜ樹愛は突然オレに喋りかけてきたのだろうか。

数年後、彼女にこの質問をぶつける機会があり、「覚えてへんわー」なる回答を丁重に頂いたので、現在では単なる気まぐれであったことを知っているが、この時のオレにはむろんのコト、正解がわからない。

この時のコトがあってから、ただでさえ手につかなかった学業がますますおろそかになってしまった。思春期というヤツだ。小学校も同じだった樹愛のコトを強烈に意識し始めたのは、中学に入学してからだった。何もそれはオレだけではない。彼女自身が意識するかどうかは別として、多くの同級生、男子も女子も樹愛のコトを意識していた。

それほど樹愛の存在はとび抜けて妖しく、そして危うさげに輝いていた。

入学式の話だ。つい1ヶ月前までは、あどけない小学生だったはずなのに、短期間の春休みで樹愛に何があったのか。ソバージュをかけたロングの髪の毛はフランス人形かのようにキンパツに染めぬかれ、歌の歌詞ではないけれど、「長いスカートを引きずって」、樹愛はやってきた。

ピカピカの一年生が集う入学式で、そんないきなり「卒業式」のような格好をしてきたのは、男子でも女子でも樹愛一人だけだった。

オレと樹愛が入学した中学校はもちろん、お坊ちゃまやお嬢様が通う進学校ではなかったが、スクールウォーズのようなワルの吹き溜まりというわけでもなかった。ただ、二、三年の先輩たちには、そのレベルに見合った不良たちがちゃんと生息していた。突然変異的にやってきた樹愛はすぐに目につき、先輩たちに囲まれるコトになってしまったのだ。

それを助けたのが、何を隠そうこのオレだ。

「ウソつけっ」と言う樹愛の声が聞こえてきそうだが、もちろんその通り、ぶっちぎりのウソである。オカンの隙を見つけては、財布からネコババするのがせいぜいだった当時のオレに、そんな少年マンガの主人公のような、技を繰り出せるわけがない。同級生たちが「私事」のように、語り合うウワサ話をかき集め「すげぇ、すげえっ、おっかねぇ」と、一人で興奮していただけだった。

この時、樹愛の人生にオレはまだ登場していない。オレの人生には、主役のオレを差し置いてしまうほどの勢いで出演し続ける彼女だったが、オレのほうは樹愛の人生の端っこにすら現れていなかった。

入学式の樹愛は、確かに群集の目を引くに足るインパクトがあったけれど、翌日の彼女はそれをも凌いでくれた。

先輩たちに囲まれた時にできた口元の傷には、バンソーコが貼られ、手にはあまりにも似合い過ぎている鉄パイプが握られていた。樹愛はその鉄パイプを握りしめ、迷うコトなく三年生の教室に向かうと、彼女を囲んだリーダー格の女子をメッタ打ちに、シバき上げてしまったのだ。

そんなマンガの世界のようなでき事が、まだ中学一年生のオレの目の前で現実に起こってしまった。ヤクザになって、人様にたいがいの迷惑をかけてしまった今のオレでさえ、当時のでき事を思い出すと、戦慄が走ってしまう。彼女はついこの間まで、小学生だったのだぞ。そんな中学一年生。しかも男子ではなく、女子で……おらんだろう。

メッタ打ちにシバき上げられた女子生徒は、2週間の病院送りとなり、それだけの問題を起こした樹愛も、その日から1ヶ月間、オレたちの前に姿を見せなかった。

オレはその1ヶ月、樹愛の姿を見たくて、コソっと彼女のクラスを覗きに行ったり、朝早く登校した日には、3階の自分の教室の窓から樹愛がやって来ないか、と登校してくる生徒たちの中に彼女の姿を捜し求めたりしていた。

ヨソの学校へと転校したとか、カンベツ所に送致されたぐらいはマシなほうで、少年院で花壇を造らされているだの、果てはヤクザになったなんて様々なウワサが流れる中で1ヶ月が過ぎた。

そして彼女は、ゴールデンウィークが明けた5月初めに再びその姿をオレたちの前に現した。久しぶりに登校してきた樹愛はさすがに「代紋」こそ持っていなかったが、さらにヴージョンアップされた、「アウトロー」になっていた。

「うおっ、ボーヤンやっー！」

昼休み、単車の直カンコールが昼食で賑わう校内に響きわたった。正真正銘のヤンキーから2軍、3軍と呼ばれる予備軍まで、その暴ヤン見たさに、各々の教室の窓へと身を乗り出した。こうやって神出鬼没的に単車で吹かしにやってくる暴ヤンの大半が、オレたちの通う中学校のOBで、オレも中学を卒業すると、しっかりその伝統を受け継ぎ、神出鬼没的に出没したものだ。2周、3周と塀の外周を吹かし倒し、にわかギャラリーとかした生徒たちの心をたっぷりと高揚させると、一台の族車が正門の前に停車した。その族車のケツからひょいと飛び降りたのが、他でもない樹愛だった。

そんなサプライズを、常に与え続けてくれる樹愛に、オレたち同級生はおろか、二年生も三年生も、果ては教師たちに至るまで、誰も樹愛に近づくコトはなかったし、できなかった。

当の樹愛といえば、どこ吹く風で、いっこうに気にする素振りを見せるコトなく、気まぐれが起これば、ふらっと学校へと現れた。そして、自分の指定席である教室の一番後ろの窓際の席に座り、開け放たれた窓からつまらなそうにグランドを眺めているのが常だった。

シブ過ぎやしないか。オレはといえば、休み時間のたびに何か用事のあるフリをして、そんな樹愛を遠くから眺めに行くだけだった。指定席から樹愛の姿が消えてしまっていれば、がっかりしてトボトボと、自分のクラスへと帰っていくのが日々のお勤めになっていた。

手を握るコトも目線をからませるコトもない。だけどその頃のオレは、樹愛を遠くから眺められるだけで満たされていた。「変態」「ストーカー」「気持ち悪いねん」などと言わず「純情」と呼んでやって欲しい。オレの片側一車線の片想いは、まったく日の目を見るコトなく、暗闇の中ですくすくと育っていった。そして、オレも樹愛も二年生になった。樹愛にどんな心の変化があったのか、本人にしかわからない。いや、彼女自身にも思春期の心変わりをうまく表現するのは、困難かもしれない。

とにかく樹愛は変わったのだ。

見た目は何一つ変わらない、アウトローのままだったけれど、よく笑うようになった。まったくいなかった同級生の友達もでき、誰とでも気軽に話をするようになった。せいぜい週に一度だった登校が、週に3日、4日と増えていった。傍目にも、そんな樹愛は楽しそうに見え、楽しそうな樹愛を見てオレも一人で嬉しかった。

何も変わったのは、樹愛だけではない。

樹愛の鮮烈なデビューに比べれば、インパクトには欠けたが、オレも教師や親の目を盗みながら、「ヤンキー」の道へとデビューしていった。

あれは確か、夏休みまであと3週間に迫った、7月初めだったと思う。暑かった。とにかく暑い日だった。オレはそんな中を音楽室へと向かうためにタテブエをぶんぶんっと振り回しながら歩いていた。渡り廊下にさしかかった時だった。気付いたのはオレのほうが早かった。

前方からこちらに向かって歩いて来る樹愛に気が付いたオレは、乱暴に振り回していたタテブエを一瞬、落っことしかけた。慌てふためく愚かなオレに、樹愛の眩しくて大きな瞳が重なった。いつもだったら、はにかんですぐに視線をそらしてしまうけど、この時ばかりは彼女の瞳があまりにも美しくて、吸い込まれるように見とれてしまった。

それがいけなかったのかと思った。彼女はオレなんかと違い、本物のヤンキーだ。肩がぶつかった、顔が気にいらない、むしゃくしゃしていた。たったそれだけの理由で血の雨を降らす本チャンだ。オレに駆け寄ってくる樹愛を見て、「ガン」を飛ばしたと勘違いされたのか、と本気でビクついてしまった。

「なぁ、あんた七組の塚口やろう?」

カマシにしては、声色が穏やかで好戦的というよりも好意的に思えた。何よりも、オレみたいなローカルを知っているコトにびっくりした。

「樹里ってゆうんとちゃうん。アタシも樹木の樹ってゆう字に愛って書いて、きあいってゆうねん。セイヤァ、ハァ！」
「えっ？　下の名前？」
「下の名前」
「そっ、そうや」

オレと樹愛の人生がリンクした瞬間だった。その日をきっかけに樹愛は廊下などですれ違うと、気軽に話しかけてくるようになった。昔から人一倍想い込みの激しいオレは、「はは〜ん、これが俗にいう両想いというヤツだなっ」と、先走りの早合点をして、舞い上がっていた。色々な意味で幸せな少年である。

「ウソっ⁉」

同じグループの仲間から、樹愛が３つ上の先輩と付き合っていると聞かされたのは、その年一番の暑さとなった、終業式の日だった。失恋。想いを伝えたわけでも、もちろん付き合っていたわけでもなかったけれど、その時の気持ちを表現すれば、まさにその言葉以外は見当たらない。教室の中のざわめきと、校庭からもれてくるアブラゼミとクマゼミの絶妙なハーモニーを遠く耳にしながら、オレは打ちのめされていた。

「あっ！　じっちゃんやっ、乗せてったろかぁっ」

終業式の帰り道。オレの心中など微塵もおもんぱかるコトもなく、当然、知るよしもないのだが、樹愛が自転車のケツから追い越しぎわに、笑い混じりの声をかけてきた。一瞬、ドキッとするオレ。すぐにドキッとしてしまった自分に腹が立った。

「フンッ！」

オレはハナを鳴らし、あさっての方向へ顔を向けた。

「あッ、何それぇ塚口、感じわる」

「無視するなやっ塚口っ！」

「あんた態度悪いねんっ！」

数台の自転車に分かれて便乗した女子どもが、口々にオレの態度の悪さを罵ってきたので、睨みつけながら応戦した。

「やかましわいっ‼」

どの女子の顔も「キッ」としていたけれど、振り返りながらオレを見ている樹愛の顔だけは悔しいけれど、抱きしめて潰してしまいたくなるくらい可愛かった。

失恋の痛手からと言うとウソになってしまうが、この夏休みにオレはシンナーと一人エッチを覚えてしまった。なんだか急に大人になったような、えらくマヌケな錯覚に陥ってしまい、40日にもわたるロングバケーションをまるっきりムダに過ごしてしまった。

そんな最低な夏休みはあっという間に終わり、オレたちの二学期の幕が開けた。久しぶりに見た樹愛は、やっぱりどこまでいっても樹愛のままで、9月の太陽が霞んでしまうくらい輝いていた。

もともと大人びていた樹愛だが、ひと夏の経験でも済ましてしまったのだろうか。しばらく会わない間に、すっかり大人になってしまったような気がして、目線が合うたびにどきまぎさせられた。そんな樹愛に、オレもこの夏で成長したんだ、という証拠を見せつけたくて仕方なかった。言っておくが、一人エッチのほうではない。そんな趣味はオレにはない。なくはないかもしれないが、それはずっと後年の話で、さすがに中学二年生のオレはまだ健全だった。一人エッチではなく、シンナーを吸ってラリっているところを樹愛に見て欲しかったのだ。どの辺りが健全かは、見解は異なると思われるが、この年頃の女の子たちは、不良っぽい男の子に憧れるものである。オレの青春だった某アイドルもブラウン管の向こう側で、こんなコトをおっしゃっておった。

「ガムをくちゃくちゃ噛んでいて、シンナーくさい男の子が好きでした。見逃してくれよっ！」

オレは危ない目つきで、シンナーの入った缶をくわえてる姿を樹愛に見せつけたくて仕方なかった。

チャンスはすぐにやってきた。至極、不純な動機から手にしたシンナーだったが、すぐにどっぷりと浸かってしまったオレは、いつもトルエン片手にラリパッパになっていた。

こんなところを樹愛に見られたら、かっこ良いよなっイッヒヒヒ、、、と溶け始めた脳みそで考えながら、家の近くのコンビニの裏の駐車場で、トルエンを仕込んだカンカンをくわえていた。

最初、目の前に立っている樹愛を見た時、幻覚かと思った。

ペタンと地面に座った姿勢から見上げる樹愛の表情は、お世辞にも「不良っぽい男子に憧れている女子の瞳」などではなく、どちらかと言えば「怒りで、鬼のような形相」だったといったほうが適切だった。

「あがっ」

どこかの地方の地名でもなければ、人の名前でもない。カンカンをくわえてる口元を、カンカンごと蹴り上げられた時に漏れたうめき声だ。

「何っ、しょうもないコトしてんねんっ！　シンナーなんか吸って、かっこええ思てんのか！」

胸ぐらを両手で絞り上げられ、樹愛の顔が目の前にズームアップされる。

「ハンパばっかりやっとったらあかんぞっ！」

番長かと思った。番長と呼ぼうかと思った。シブ過ぎやしないか。グループの中には、必ずこういう正義感にあふれた硬派な不良がいるものだ。そして、不良の間でさえ、落ちこぼれ、はぐれてしまいそうな奴を、真っ赤な顔をして本気で怒るのだ。

「うっ、うるさいわっ！　関係ないやんけっ！　お前だって、３つ上の暴ヤンと付き合っとるやんケっ！」

それもまったく関係のない話だ。オレは絞り上げられている両手を払いのけて、勢いよく立ち上がった。払いのけた樹愛の手が、指先がびっくりするほど華奢だったので、強く払いのけてしまったことを、ハッと後悔してしまった。

「じっちゃんのアホッ！」

蹴り上げられた口元をさすりながら、その場から立ち去ろうとするオレの薄っぺらな背中に、樹愛の声が張りついた。蹴られた時にカンカンから漏れ出たトルエンのせいで、口中はヒリヒリして仕方なかったけれど、トルエンとは違う甘酸っぱい香りがした。まだラリッていたせいなのだろうか。

この年頃の良いところは、はしの転んだようなコトでもムキになってケンカになるけれど、すぐに仲直りだってできるところだ。

この日からしばらくの間は、ともに「ムシの仕合い」を続けていたが、呆気ない程、簡単に和解の日はやってきた。

「何見てんねん」

オレも樹愛相手に、たくましくなったもんだ。

「あんたこそ、何見てんのよっ」

「お前が見てるから、見てんのやろっ」

「お前ゆうなっ、お前っ！」

「お前がオマエゆうなっ！」

「お前じゃ！」

「オマエじゃ！」

罵り合うオレの顔も樹愛の顔も、いつしか笑い出していた。

「ひっくんとは、付き合ってへんからなっ」

例の3つ上の暴ヤンのコトだ。

「べ、べつに関係ないしなっ、そんなもん」

もちろん内心、おおいに関係あるコトだったが、オレは当然しらばっくれた。

「ウソつけ。アタシに蹴り上げられた時、泣きそうな声出してゆうてたクセに。お前だって3つ上の暴ヤンと付き合っとるやんケッ！って」

モノマネ混じりの樹愛の言葉に、真っ赤になっているのが、自分でもわかった。授業開始を告げるチャイムが響き始め、二人の間を行きかう脇役の生徒たちが、それぞれの教室へと吸い込まれていく。オレも自分の教室へと戻ろうと向きを変えたが、樹愛だけは自分の教室とは、逆のほうへと歩き始めた。

「おいって……」

思わず樹愛を呼び止めた。

「何よおっ」

ちょっとスネたように口をとがらせ振り返った樹愛を見て、眩しく感じたのは、何も晴れわたった空からの秋の陽射しのせいばかりではなかったと思う。

「どこ行くねんな、帰んのかっ」

「違う。ウォークマンの電池切れたから、コンビニ行ってくる」

授業をサボタージュして、校外に行くだけでなく、授業に必要のないものを買い求めるとは、なんだか不良高校生のようではないか。

「お前そんなもん、学校終わってから買い行けよ。オレにはラリんなとかゆうて、蹴りまで入れるクセに」

ひそかに根に持っていた。

「シンナーとウォークマンの電池を買いに行くのは、全然ちゃうやん」

再び背を向けて、歩き出そうとする樹愛をもう一度呼び止めた。

「待てってー」

伝えたい言葉があり過ぎて、何から話せばいいのか。臆病なオレはうまく想いを口にするコトができない。

「もっと学校ちゃんと来いやっ。お前が学校来んかったら、なんてゆうか、その……おもろないやんけぇ」

言葉は尻すぼみになり、蚊の泣くような声になっていった。オレはモジモジしながら、自分の足元の上履きにシミを見つけ、一生懸命反対の上履きの足の裏でこすりつけた。

「これ、あげる」

オレに向かって差し出された樹愛の手には、ウォークマンの中から抜きとったカセットテープが、握られていた。

「なんやねん?　これっ」

受け取ったテープをまじまじと見つめながら、樹愛に尋ねた。

「A面の2曲目がめっちゃええから、樹愛がいなくて淋しい時は、このテープ聴いて樹愛のコト感じときっ」

この時のいたずらっぽい笑顔を、声色をオレは忘れるコトないだろう。

以来、A面の2曲目がオレの大切な曲になった。嫌なコトがあった時、嬉しいコトがあった時、何もなかった時、いつもオレは一人でこの曲を聴いていた。繰り返し、繰り返し一人で聴いたこの曲は、時を経て樹愛と一緒に聴くようになるのだけど、この時は、まだオレも樹愛もそんな未来を想像するコトもできなかった。

平成22年2月

樹愛とまたこうして無邪気に笑い合いながら、この曲を聴くコトがあるなんて、人生とは本当に何が起こるかわからない。

だけど、ここまでだった。これが小説ならば、偶然出会った二人は、あらたなドラマを紡ぎ出すのだろうが、現実の世はいつだってシビアにできている。携帯電話の番号を交換するコトも、メールアドレスをかわすコトもなく、たわいのない昔話に花を咲かしているうちに、車はコンビニの前に戻ってきていた。

「逢えて良かった」

短い言葉だったけれど、それはオレも同じだった。

「あんなクソみたいな別れ方してもうたから、正直ゆうて樹愛にはめちゃめちゃ嫌われてる思てたし、こうやって昔みたいに普通にしゃべって、普通に笑い合えるなんてもうない思とった。オレもホンマに逢えて良かった。ホンマに良かった……」

オレの言葉は樹愛に伝えるというよりも、想いを口に出して、ただ自分で噛み締めているように聞こえたかもしれない。

「じゃあ、行くね。」

樹愛を引き止める理由は、オレにはなかった。

「あぁっ」

と短く答えたのを合図に、樹愛は助手席のドアを開け、オレの知らない場所へ帰るために車から降りていった。オレもここからアクセルを踏み、オレの帰る場所へと戻っていく。それだけだ。ただそれだけのコトだ。

「じっちゃん、彼女を大事にしてあげえやっ。刑務所ばっかり行ってたら捨てられちゃうで」

微笑む樹愛の表情が、ほんの少しだけ淋しそうに見えたのは思い過ごしだったのだろうか。

「わかっとるよ。ほんならな」

微笑み返したオレは、アクセルペダルに載せた足に力を加えた。オレはどんな顔をしていたのだろうか。樹愛と同じように少し淋しげな顔をしていたのだろうか。自分でもわからなかった。

オレは、久しぶりに樹愛に会えた嬉しさと、会うコトによって心の中にできた空洞を持て余していた。その空洞に強いて名をつけるとすれば、感傷と呼べる部類のものかもしれない。

もしも樹愛がやり直したいと言ってくれれば、オレはどうしただろうか。リノや三人のチビたちとの生活を投げ捨ててまで、もう一度あの頃に立ち戻ろうとするのだろうか。

知恵熱が出てきそうな難問だ。

「どうしてんっ？」

玄関を開けるとあいのすけが、三角座りをして玄関に座り込んでいた。その表情は怒っている時の顔だ。

「ほらっ、あい、ゆうたでしょう。ちゃんと帰ってくるって」

リビングからリノが笑いながら出てきた。

「塚口があんまり遅いから、また刑務所に連れていかれたって言い出して、さっきからずっとそこに座り込んでんのよ」

あいのすけの利かん気の強さを示すような大きな瞳は、オレを見ていた。そんな彼が愛おしくて仕方なかった。

「ごめんっ、ごめんっ、あい。タマゴのヤツがなかなか見つからんで、ずっと探しとってん」

「だから、忘れんように紙に書いていったらよかってんっ！」

別に忘れていたわけではない。見つからなかったと言っているのだ。だけど、そのコトについて、彼と議論するつもりはない。

「ママッ！　あがったぁッ！　パンツどこっ、パンツっ！」

奥から次男、りゅうのすけの声が流れてきた。

「そこに出してあるでしょ！」

慌ただしくリノが奥へと駆けていく。まだムショボケは、抜け切っていない。たまに自分でもどうしようもない心境に陥り、見るものすべてをブチ壊してやりたい衝動にかられてしまう時だってある。だけど、今の生活だけは失いたくない、と切実に思う。この暮らしを守るためなら、オレは何とだって戦おうとするだろう。もしも時が戻ったとしても、またオレはリノと三人のチビを捜すと思う。

別れを思ったコトは、一度や二度ではない。もちろん、それはリノも同じだろうが、絶対別れてやろうと思い、リノを憎んだコトもある。

4年の受刑生活中には、色々なコトがあった。毎日欠かさず届いていたリノからの手紙が、三日に一回になり、週に一回になり、1ヶ月に一度になっていった時、憎くて、憎くて仕方なかった。冗談ではなく殺意すら覚えたコトもある。面会もおろそかになり、ナメやがってと歯ぎしりをした夜、出所して立場が五分になった時には、すべてを捨て去ってやろうと密かに決意し、今にも爆発しそうな怒りを抑えながら、なんとか破滅寸前の心を平常に保とうとした。出所するまでは……と何度も自分に言いきかせているうちに、リノから先に引導を渡され、捨てる前に捨てられてしまったコトだってある。途方に暮れた揚句、怒りは爆発。お前なんてどうにでもなりくされ、的な罵詈雑言の手紙を書き殴り、送りつければ、所在不明で舞い戻り、余計にダメージを受けてしまったコトさえあった。

だけど今、一緒に暮らしていた。喜びも悲しみも、笑顔も涙も分かち合いながら、同じ空間で生きていた。もし神様がいたとして、「今のおぬしにとって、一番大事なものはなんじゃ?」と、問われれば、オレはこう答えるだろう。

リノであり、チビたちであり、そしてリノやチビたちとの暮らしだと。

過去に樹愛のコトを誰よりも愛した気持ちに、何一つウソはない。でも、オレが生きてるのは過去ではない。未来を見て今を生きている。もし、樹愛がやり直そうと口にしたとしても、もう過去に戻るコトはできない。
もうやり直すコトはできなかった……って、誰もやり直そうなんて言ってねえよな。失礼。

平成20年1月

DEAR　じいくんへ
ほんま、最近手紙と面会が前までみたいにできなくてごめんね。朝は調子良くても、急にしんどくなったりして、ほとんど家から出られてないねん。
じいくんのお母さんが、冬休みにはせっかくチビら連れて泊まりにおいでって言ってくれてたのに、結局体調悪くて行かれへんかったし……。早く元気になって、じいくんを安心させてあげんといかんね。心配ばっかりかけてごめんね。

じいくんからの手紙は1月4日に届きました。キレイになったって書いてあったけど、キレイなったかなぁ？
付き合い始めた頃は、さんざん可愛くないとか、なんでリノがモテるかわからんっ、とか言ってたクセにっ！（笑）
あっ！　樹愛って人のほうが可愛かったって言ってたコト思い出したぁ！　最低だね、じいくん。あいのすけに言いつけたろ。そしたら、きっと、
「あのハゲ、そんなコトゆうてんかっ！」
て、プンプン怒り出すと思うな。最近のあいのすけのお気に入りは、「あのハゲ」です（笑）
そういえば、この前、あいのすけがじゅりが丸ボウズの間は、カッコ悪いから一緒に歩かないって言ってたよ。大変だね、じいくん（笑）
リノをイジメた罰です。
また手紙書くから、あんまりスネスネしたらダメやで♡　あったかくして、風邪引かないようにして下さい。
リノ

1月22日

ぶち殺してやろうかと思った。正確には、ぶち殺してやりたい、と思った。

3週間ぶりに届けられた手紙がコレである。普段は年上のオレを捕まえて「塚口」などと軽々しく呼び捨てにするクセに、後ろめたいコトなんかがあると、途端に奴は「じいくん」などと呼んできやがる。

いつの日か奴に鬼検事はだしの厳しい尋問をするために、一つ一つ日記に指摘しておいてやろう。

まずは家から出られないクセに消印が県外なのはなぜだ？　おちょくっとんのか！

次に、オカンが遊園地のチケットまで用意して待っていたというのに、それを袖にしやがって！　揚句、言うにコトかいて「キレイになったかなぁ？」だとぉ！　知るか、そんなもんっ！　おべんちゃらでも書かなんだら、面会どころか手紙もよこさんから、書いただけだろうがあっ！　額面通り受け取るな、この大バカ者！

そして、いらぬことまで思い出すなっ！　何がまた手紙書くからあんまりスネスネしたらダメやでぇだ！　気分は売れっ子アイドルか！

心配してホントに損をした。この3週間、何度怒りにまかせた便りをしたため、その都度、何かあったのでは、と考え直し発信を見送ったことか。

それで、やっと届いた手紙がこれだ。もう一度言う。いや、書く。「スネスネしたらダメやでぇ」そしてハートマーク。オレは殺意を覚えたぞ。

日記にこんなことを書き殴っても仕方ないけれど、直接手紙に書くことは、はばかられるのでブツブツ言いながら、ここに書くしかない。なんだか、書けば書くほど気が滅入ってくるのは、気のせいということにしておこう。

刑期もようやく2年を切った。今は腹の立つことがあってもモンク一つ面と向かって言えず、せいぜい面会の折にムスッとして見せるのが精いっぱいだが、娑婆に出た暁には見ておれ！　新しい女ができた瞬間、そうだ！　どこかの女優さんをはべらかして、恨みつらみの言葉とともに、思いっ切り捨て去ってやるからな！　それまで今は、耐え難きを耐えの精神だ……。

でも、手紙が来て、ほんの少しだけどやっぱり安心した。愛すべきあいのすけは、たくましく育ってくれているようだ。

晩飯の野菜炒めの玉ねぎの多さに辟易させられる。

平成22年3月

あの頃のオレは一言で言うと病んでいた。面会も手紙も途絶え、ほとほとまいっていた。娑婆と塀の中では、気持ちの温度差と時間の速度の感じ方に、埋められない程の開きがある。社会の人間では気にもかからないような事柄に、敏感に反応してしまい、それが引き金となって、身を滅ぼす受刑者があとを絶たない。

言うなれば、死刑台にのぼった死刑囚が、自らの手で縄を首に巻きつけるようなものだ。便りが少し遅れただけで「手紙もよこさんと何しとんねん、くそっメンタがぁッ！」と激怒し、首に巻きつけた縄をぐいぐいと締めつけていってしまう。ついには「好きにしたかったら、好きにさらさんかいっ」と脅迫文めいた手紙を送りつけ、本当に好きにされてしまった受刑者をオレは何人も目の当たりにしてきた。

待つ側は痛くもなければ、実際にかゆみすら感じないだろう。組事でジギリをかけ、毎月しかるべき額の生活費が組織から支払われているのならいざしらず、ほとんどの場合は受刑者から愛想を尽かされるというコトは、いらぬ苦労が減るということだ。

それをよく理解していたオレは、引導を渡してやりたくても渡せず、かといって引導を渡されそうな現状を打破する策も見当たらず、一人心の中で葛藤していた。それは、まさに悪戦苦闘を余儀なくされる展開で、拘禁病をすくすくと育ませていた。

「もうあかんっ。終わりましたなっ……」

と思ったコトは、何度もあった、というより毎日だった。出所して2ヶ月が経った今では、「気の毒だな」とまるで他人事のように思い返し、笑ってやるコトができる。だがこの頃のオレは人間としての最低限のボーダーライン、そのギリギリの場所に立っていた。いつ人として崩壊してしまってもおかしくなかったかもしれない。

樹愛との偶然の邂逅から1ヶ月が経とうとしていた。はじめのうちこそ、感傷めいた気持ちで日々を送っていたが、次第にその感傷も薄れていき、目の前の生活に追いまくられる、いつもの毎日へと戻っていた。それはオレだけではなく、樹愛も同じだったのではないだろうか。

「ちょっと、聞いてるんっ！」

ボケーっとしてるように見えたのか。オレを「ガンミ」しているリノの表情は険しく、眉間に皺までよっていた。

「聞いてまんがな」

オレはリノに答え、テーブルの上に置いてあるセブンスターに手を伸ばした。

「それで、とらのすけは、なんてゆうてんねん」

リノは一瞬、とらのすけの閉じられた部屋に視線を投げたあと、再びオレに向き直り、視線をはずして首を振った。

リノからのメールを受け取ったのは昨晩のことだ。当番のために本部へと詰めている時だった。

――仕事中にごめん。今さっき、とらのすけが顔をめちゃくちゃ腫らして帰ってきました。学生服にも靴跡がいっぱいついていて……。

メールを読んだ瞬間に、かっと頭に血が上り、あとの言葉は覚えていない。すぐにでも飛んで帰りたかったが、仕事中かどうかは別として、本部の当番を空けるわけにはいかない。

「あんなちゃんて、あゆに似てると思いまへんかっ」

当番に連れてきていた舎弟のツネが、人の気も知らないで、キャバクラのネーちゃんの話を振ってきたので、渾身の力を込めて怒鳴り上げた。その後も身体が空くまで、回りの者に当たれるだけ当たり散らした。ようやく、今日の夜になって「お仕事」から解放されたオレは、

「デエへへ。兄貴、今日もキャバ行きましょうよ、キャバ！」

と懲りずに、バカッ面ですり寄ってくるツネに、もう一度あらん限りの声を振り絞って怒鳴りつけ、オール信号無視で我が家へと帰ってきたのだった。

「とらのすけ、起きてるかっ」

オレはリビングのソファーから立ち上がると、とらのすけの部屋のドアをノックした。中から返事はなかった。

「入るで、とら」

と言いながら、ドアノブを回した。もしかしたら、寝ているかと思っていたけれど、とらのすけは起きていて、勉強机にポツンと座っていた。その後ろ姿が、悲しくなるほど心細げで胸が痛く締めつけられた。

オレは後ろ手でドアを閉め、勉強机の前のベットに腰を下ろした。机の横の本棚にはマンガ本がずらりと並べられている。オレも昔、子供の頃に読んでいた月刊誌もあった。その他にも部屋の至るところでゲームやおもちゃがご主人のとらのすけを守るようにして、

ひしめき合っていた。子供たちの部屋に来ると、なんだか自分も世の中に守られていた子供時代にタイムスリップした気がしてきて、当時のおもちゃに胸をふくらませていた頃を思い出してしまう。今、とらのすけはそんな子供の世界で何を感じて、何を見ているのだろうか。

もう少し大きくなったら、なんであんなコトくらいで死ぬほど思い詰め悩んでたんだろうって、思える日がほっといても向こうからやってくるから、どんなコトがあっても全然心配するコトはない、と伝えたかったけれど、オレがどんな言葉でどんな説明をしたとしても、とらのすけが大人になり、今を振り返る日が来るまで理解するコトはできないだろう。それが歯痒かった。出逢った頃は、ちょうど今のあいのすけと同じ年齢だった彼も、今では中学二年生になっていた。

「とら、なんか学校であったんかっ?」

小さな背中に向かって声をかけた。

「とら、こっち向いてみっ」

とらのすけがゆっくり振り返った。視線はオレをとらえず、わずかに下を向いていた。リノが言っていた通り、とらのすけの顔はアザだらけで、誰かに殴りつけられたのは、一目瞭然だった。オレはそんな彼に話しかけた。

「とらには、忘れんとって欲しいコトがあんねん。それは何があっても、ママと樹里はとらの味方やというコト。それだけは忘れんとって欲しい。何があったかは言いたくなかったら、笑って話せる日がくるまでムリに話さんくてええ。ゆうてちょっとでも楽になれるんやったら、それは言わないかん。悩まんでもいい、ゆうてもムリかもしれんけど、もしも、とらのすけがめちゃくちゃ悪いコトしてもうて、世界中の人ら全部が敵になってもうたとしても、樹里が絶対守ってみせたる。だから、とらは心配せんでええ」

オレもこんな言葉を親父に言って欲しかった。

「何も悪いコトなんかしてへんもん……」

視線は下げられたまま、女の子のようなか細い声を出した。彼はとらのすけという男っぽい名前を、おばあちゃんにつけてもらっていたけれど、どちらかと言えば女の子のように、繊細で人見知りの強い子だった。

「そっか、わかった。樹里はようウソつくしな、こんなコト、ママに聞かれたらまた怒られるけど、とらぐらいの時は、人の物を盗ったり、悪さばっかりしとったねん。だから、学校の先生みたいにえらくもないし、えらそうなコトなんかゆわれへんけど、ただ一つな、自分が間違ってないと、思うコトだけは、絶対曲げたらいかんねん」

「曲げる?」

「そう、曲げる。かえたらあかん言うコト。みんなが、そう言うてるから、本当は正しくないと思うねんけど、自分の意見をひっこめてみんなに合わせようとか、自分の意見を押し通すコトで、何か他の人たちに言われちゃうから、間違ってるって、ほんまはわかってても、みんなに合わせとこう、とか、そんなコトは男の子やったら、したらいかんねん」

「でもっ……でもっ！　それで、ええカッコしいとか、みんなにゆわれるコトだってあるで！」

とらのすけは口をとがらせ、オレを睨みつけるような瞳でそう言った。

「誰かにそうゆわれたんか？」

「そうやっ、みんなが杉原って足の悪い女子をからかうから、もうやめとけやって、ゆうたら、おまえはいつでもええカッコするって、それで、それで……」

キッと力のこめられた瞳には、いつしか悔し涙があふれていた。汚れきった今のオレには、とらのすけのその瞳が眩しくて仕方なかった。昔はオレもこんなに純粋で真っ直ぐな瞳をしていたのだろうか。

「そうか、とら。えらかったな。ようゆうた。えらかった」

いつしか泣き出してしまったとらのすけの頭を、オレは掌で撫でた。子供というのは素直な分、残酷な一面も持ち合わせている。障害を見たままに口に出し、からかったり、悪ふざけしてしまったりするもんだ。オレだって、チビだった頃は銭湯に居合わせたおっさんの小指がないのを発見して、なんで小指がないのかと詰問し、一緒に来ていた父親をビビらせてしまった過去がある。悪ふざけや他人の悪口ほどおもしろいものはない。それを咎め立てれば、その子が今度、標的に転じるというのは、子供の世界特有のよくあることだ。そして、悪ふざけした側も、咎め立てた子供も、人間関係の中で得をする生き方、当たり障りのない生き方を、自然と身につけていくものだと思う。

オレの母親がいつも言っていた。もっと賢く生きなさい、要領良く生きなさい、と。

母親の気持ちも今になってみればよくわかる。

「自分に関係ないコトならば、見て見ぬフリをしなさい。ええカッコをして目立つようなコトをするから、そんな目にあうんです。みんなに合わせて目立つようなコトしなさんな」

そう言ってやることもできた。薄情なのではない。それも親心だ。間違いなく、子を想う愛情だ。

でも、オレはとらのすけにそうなってもらいたくなかった。目の前で困ってる人がいれば、迷わず手を差し伸べるコトのできる人間になって欲しかった。それは時として、勇気のいる行為かもしれない。それでも、その勇気をとらのすけには、育んでいって欲しかった。いくら算数や社会が「良くできる」でも、困ってる人を見て素通りしてしまうようならば、そんなものなんにも意味はない。世の中には教科書なんかに書かれているコトよりも、もっともっと大切なコトが沢山ある。オレはバカだから、それを学校でも社会でもなく、刑務所の中で学んできた。

「どうやった?」

とらのすけの部屋から出てきたオレに、リノは不安げな顔を向けた。オレは黙って、ソファーに身を沈めると、タバコをくわえた。

「ねえっ!　どうやったんよっ」

急き立てるリノをゆっくり見つめた。

「なっ、何よぉ」

「やっぱり、とらのすけはお前の子やな思ってな」

くわえたタバコに火をつけ、吸い込んだ紫煙をゆっくり吐き出した。煙はすぐに形をなくし、朧げに消えていく。

「何も心配せんでええ。とらのすけは、何も間違えてへんから、えらかったゆうて、抱きしめてやったってくれ」

オレもそして目の前のリノも、とらのすけが悩み苦しみ、戦おうとしてる場所を駆け抜けてきた。オレやリノだけではない。ブラウン管の向こうで、踏ん反り返って肩書にあぐらをかいている奴らも、数多くの罪を犯して、ただ殺されるためだけに生かされている死刑囚も、大人になるために同じように、その場所を駆け抜けて、今という場所に立っている。全力でその場所を駆け抜けてきたからこそ、今がある、そう思いたい。

そして、とらのすけにも全力で、今を駆け抜けていって欲しかった。意味があるかないかわからないような、社会のルールや価値観に、無理矢理押し込められたりするコトなく、少年の大事な部分をなくさずに、大きくなっていって欲しかった。オレはその真っ直ぐな少年の心を、ただ守ってやりたかった。

「なんで、もっとも人間として尊い行為したウチのチビが、顔腫らして、学生服ぐちゃぐちゃにされて、帰ってこなあかんのじゃいっ！　オノレらが鈍臭い勉強ばっかり教えて、肝心なコト一つも教えてへんから、こうなっとるんとちゃうんかいっ！」

翌日、オレはとらのすけが通う中学校へと怒鳴り込んでいた。校長室のソファーに踏ん反り返り、一席ぶつと、目の前に並べた校長、教頭、学年主任、担任の四人を順に睨みつけた。どの顔もヘビに睨まれたカエルの如し、竦み上がり顔面を蒼白にさせていた。

心許なさ過ぎる。こんな大人たちに支配された場所に、ウチの大切なチビを預けるのは、どう考えても心許なさ過ぎた。

「お前らホンマにやっていけんのかいっ！　そんなんで、人様の大事な子供預かって、ええ方向に導いていけんのかいっ！」

「すっ、すいましぇん。今後、二度とこういうコトがないように、私どもも徹底して……」

かなり後退した額に、すこぶるセンスが悪いハンカチを、小刻みに当てる教頭の言葉を怒声でかき消した。

「やかましわいっ！　しゃべんなマニュアルっ！　二度とこんなコトがないのは、当たり前じゃボンクラ！　そんな眠たい話しとんとちゃうんじゃ！　徹底してって、オノレは徹底して何する気やねん。そもそもそうゆう教育体制がまちごうとるから、こうゆうコトが起きてんのと違うんかいっ！」

ありきたりの謝罪を並べようとしたばかりに矛先が向けられてしまった教頭は、ヘビに睨まれたカエルから、車に踏み潰されてペシャンコになってしまったヒキガエルに、様変わりしてしまった。ナンバー2からしてこれである。ますます心許なくなってきた。

「ホンマに中学生という微妙でデリケートな年頃の子供ら預かって、お前ら勉強なんかより、もっともっと大切なもんを教えるコトができるんかいっ！」

口を開いて、教頭の二の舞になりたくないのだろう。四人とも神妙な顔をしたままうつむき、質問に答えようとしなかった。当然、オレに視線を合わせるわけもない。

「悪いコトはゆわん。できへんのやったらやめとけ。お前らのように、できるかどうかわからん中途半端な奴に、ウチの大事なチビ預けられるかいっ。やめてまえっ。やめて畑でも耕しとけ！　それが世のため、人のためじゃっ。おいコラッ、オドレら、下向いて人の話、聞けんのかいっ！」

怒声とともに、四人の視線がはっと上がり、オレを見た。

「どないすんねん、コラッ！　おい、校長！　偉いんは肩書きだけかいっ！　性根いれて答えたらんかいっ！」

「はっ、はい。微力ではありますが、子供たちとふれあってゆく中で、私どもも同じように、人として成長していきながら、塚口様がおっしゃる大切なコトを精いっぱい、教えるのではなく、伝えていかせていただきたいと考えておりますです」

塚口様ときやがった。だが、校長の弁には、伝わるものが確かにあった。マニュアルではなく、人の言葉だ。声は恐怖でひきつっていたし、どこまでいっても、しどろもどろの感はイナメなかったが、一生懸命さが垣間見えた。少なくとも教頭の弁のような、ザ・マニュアルとは雲泥の差だ。コイツが一家の長として君臨している限り、ウチの大切なチビを預けても大丈夫かもしれない。

「ええか。ここだけは履き違えんなよ。何もウチの大事なチビに暴力振るった奴を成敗せぇとか、その犯人を捜し出して、ひっとらえろとかゆうとんのと違うんやどっ。そんなんゆうとんのとちゃうねん。それはウチのチビが、これから頑張って乗り越えていかなあかん問題や。大人が口出せるコトやない。オレがゆうとんのは、イジメとか、そんなしょうもないもんが、絶対起きへん環境を大人のオノレらがつくったれ、ゆうとんねん。確かに、今回はイジメとちゃうかもしれん。でもな、こういうところから、イジメゆうのは生まれんのとちゃうんかっ、ええ校長！」

「おっ、おっしゃる通りでございます」

「そやろが。イジメが始まんのに、理由なんかあってないようなもんや。ハシの転んだようなコトでも始まれば、イジメはイジメや。なんの前触れも落ち度もないのに、ある日、突然イジメが始まるコトだってあるんや」

オレの時もそうだった……と言いたいが、あいにくイジメられた経験はない。

「イジメられる側が辛いのは、当たり前や。でもな、その辛さのあまり、死という行き着くところまで行ってみ。どれだけの人間が苦しむコトなるか、お前ら考えたコトあるか。そのイジメられとった子の両親、家族、身近な人たち、そしてイジメとった子ら、その家族みんなが辛なんねん。みんな苦しなってまうねん。お前ら教師だってそうやろが。もし、受け持った子供が自殺してみ、残りの人生、笑って生きていけるか」

オレは一端そこで言葉を切ると、端から順に視線を投げた。じわりじわりとだが、ようやくここへ来て、オレに対しての恐怖心からだけではなく、オレが言おうとしてるコトの重大さに気付き始めたようだった。さっきまでは、オレの風体に竦み上がり神妙だったのが、同じ神妙でも今はあきらかに違っていた。オレはそこから声色を変え、一言、一言をしぼり出すように言葉にした。

「その段になって、イジメの事実はありませんでしたとか、生徒のＳＯＳに気付くコトができませんでしたとか、そんな言葉が通る思ったら、大間違いやぞ。仮に世間で通ったとしても、オレだけには絶対通らんぞ。後悔なんて生優しいもんじゃすまん地獄を見せたるから、そのコトをよう忘れんように頭入れとけよ」

グランドから流れてきた体育教師の掛け声に紛れることなく、四人の息を飲む音がはっきりと聞こえた。これだけ脅し上げておけば、大丈夫だろう。間違っても教師がイジメを先導したり、イジメの輪に加わるというような、愚かな過ちだけは犯さないはずだ。

オレが今してるコト、口に出してるコトが正しいなんて思わない。批難の対象とされてもおかしくないだろう。でも、オレにはそんなコト関係なかった。世間の目なんてオレには、一切、関係ない。オレの愛するチビたちを守り抜くためならば、それが法に触れることだったとしても、躊躇しないだろうし、大いに批難されてもけっこうだ。

子供には子供の世界がある。オレがとらのすけに暴力を振るった子供たちを捜し出し、その親に同じような仕打ちを「返し」としてやるのは、実にたやすい。だが、それはできないし、やりたくてもするべきではないと思う。なぜならば、それは子供の問題だからだ。とらのすけが自分で乗り切らない限り、答えはやってこない。だから逃げるなっ、と言うつもりはない。学校に行くことで辛くなったり、苦しくなったりするのであれば、そんな場所に行く必要なんかない。ただ、本人が行きたいと言うのであれば、安心して楽しく過ごせる場所をオレは作ってやりたかった。とらのすけが子供の世界で必死になって戦おうとしてるのであれば、オレも大人の世界でとらのすけのために戦ってやりたかった。

「中学二年生言うても、まだまだ子供やし、精神面でも不安定な時期や。そやからこそ、一人一人の生徒のコトをお前らがちゃんと理解し、何をするにしても愛情持って接したれ。勉強教えんのも、叱るのも全部、愛情持って接したれ。話を聞かすだけやったらあかん。子供の心が見えるまで、子供の話をじっくり聞いたれ。信頼される大人であったらんかい。オレがゆうてんのは、めちゃめちゃ難しいことや。そのめちゃめちゃ難しくて大変な職業が、お前らの仕事や。ちゃうかっ？　人様の大事な子供を預かっとんねん。時間割り通りに勉強だけ教えとったら、ええんとちゃうねんぞ。お前らのその掌の中から、伝えたことが育まれて、将来それぞれの道に進んでいくんやろ。立派になる奴もおるやろうし、オレみたいに落ちこぼれていく奴もおるやろう。立派な奴も落ちこぼれた奴も、全部がお前らの愛の結晶であらなあかん。できへんのやったら、やめてまえ。やるんやったら、誇りを持って、責任を持って、人として大切なコトを、お前らがしっかり伝えていったらんかいっ！」

ヤクザ者のオレに教育者が教育論を説かれるのだから、世も末なのかもしれない。校長室から出ると、チャイムが鳴り始めた。辺りが息を吹き返したように騒がしくなり始める。どうやら授業終了を告げるチャイムだったのだろう。

「ちょっと待ちいよっ！」

オレは驚いて振り返った。けれど、その言葉はオレに放たれたものではなかった。

「うるさいわっ、お前ら女子が勝手にやっとけやぁっ！」

「なんでよ、あんたらも手伝いよっ！　先生にゆうたるからなっ」

数人の男子と女子が白熱した攻防戦をくりひろげながら、オレの横を通り過ぎていった。

オレも昔、よく悪さをしては、こんな風にクラスの女子たちの非難を独り占めしたもんだ。その頃は口うるさい女子に心底辟易したもんだが、大人になった今では、それすら微笑ましくて懐かしい。学生時代が短かった分、中学の3年間は、どれをとっても大切な思い出になっている。その時は、悔しかったコトも嫌だったコトも、今では大切な宝物になっている。とらのすけにそういう思い出を、青春のグラフティーとして心の中に残してやりたかった。

オレがこうしてとらのすけの学校へと怒鳴り込み、有無を言わさず教師たちをカチ上げたコトが、褒められたコトではないのはわかっている。わかっていて、あえて実行に移したのは、オレがバカだからではない。もちろん、それもないコトはないかもしれないが、ここではバカは関係ない。もし、とらのすけの身に取り返しのつかない不幸が襲ってしまったら、オレは残りのすべての人生を棒に振ったとしても、復讐の鬼と化すだろう。間違っても教師たちの「学校では毎日、元気に振る舞っていて、気が付きませんでした」とか「イジメなんてそのような報告は、まったく受けておりません」などのお定まりの言葉では、納得しやしない。教師たちにも言ってきたように誰のせいであろうとなかろうと、かかわったすべての者に対して「後悔」の二文字を刻みつけてやる。言葉は乱暴だが、みな殺しにしてしまうと思う。

それでとらのすけが帰ってくるかといえば、失われた命は二度と戻ってこない。もう大丈夫だから帰っておいでと、どれだけ叫んでも逝ってしまった魂は、この世に帰ってはこない。だからこそ、オレはオレのやり方で、とらのすけを守ってやろうと思った。バカだから方向性が一般常識という概念に鑑みれば、大きくズレているかもしれないが、何もせずにあとになって後悔するより、やるコトをやってから後悔するほうがまだましだ。少なくともオレはそうやって生きてきた。

「本当に先生申し訳ありませんでした。マサルッ！　あんたもちゃんと謝らんかいねぇ！」

生徒相談室のプレートがかかっている教室の前で、生徒とその保護者とおぼしき母親が、教師に向かって頭を垂れていた。事情をわざわざ聞かなくとも、その「マサルくん」が何か悪さをして、親が呼び出されている風景だろう。自慢じゃないが、素行がすこぶる悪かったオレも何十回となく親を我が学び舎へと招待さしあげたもんだ。もっともウチの場合は、学校から出頭命令がかかると、母ではなく父がやってきた。正確に言えば、母から命を受けた父が、自転車でやってくるのだ。

口やかましくて、いまだにコトが起これば、オレに踊りかかってきかねない母に比べて、父は気の優しい人だった。もう他界してしまったので、真相はわからないが、多分息子であるオレのコトを嫌っていたと思う。オレも自分のことを窺うように、怯えた目で見る父のコトが嫌いだった。父はいつも学校に来ては、オレの言い分や理由を聞こうともせず、ただひたすら教師に向かって頭を下げた。オレはその仕草が嫌でたまらなかった。

「樹里っ、お前も謝らんかぁ！」

と、そんな時だけ、やけにえらそうにする父に強く反発した。なぜ、オレの言い分を聞こうともしないで教師に頭を下げるのか。１００％悪くとも、子供は親にだけは自分の味方であって欲しいと願う。オレはそうだった。悪かろうが正しかろうが、たとえ世界中の大人すべてに叱られたとしても、親にだけは最後の最後まで味方であって欲しかった。そうするコトでできの悪い子供をこんなに想ってくれている親に迷惑をかけてはいけないのではなかろうかと、オレだってバカな頭で一生懸命考えるものだ。

それは、子供の甘えかもしれない。甘ったれかもしれない。いいではないか。子供なのだから。親に甘えてよいではないか。オレは父がずっと嫌いだった。

あの頃、父がオレのコトをかばってくれていたら、もっと違う人生になっていたはずだと、ひどい逆恨みをおこしたコトだってある。あんな情けない大人にだけはならないと、ずっと思っていた。なのに、なぜだろう。今、こんなにも父を想うのは……。

嫌いだった父に、何一つの親孝行をしていない。せめて父の好きな将棋でも一局指してやりたかった。父はどれくらい強かったのだろうか。それすらオレは知らないまま、死んでしまっては、もう知るコトすらできなかった。

「おっ、そうきたか。なかなか樹里、シブい手、指すな」

「当たり前やんケッ、懲役の年数はダテやないがなっ」

あの世で逢ったら、酒でも飲みながら一局指したいものだ。

平成2年冬

「本当に先生すいませんでしたっ。樹里っ、お前も謝らんかっ」

頭を無理矢理押さえつけて、下げさそうとする父の手を払いのけた。

「うるさいわっ、なんで謝らんといかんのじゃぁ！」

中学二年生の冬。この頃になると、父が学校へと来る回数が、休みがちな生徒なんかよりも多くなっていった。

「どうやったん?」

屋上に上がると、悟志という同級生の男子生徒が声をかけてきた。悟志とは幼稚園からの付き合いで、いわゆる幼馴染みというヤツだ。

周りの視線もオレに集まっていた。男子四人、女子四人。その中には樹愛の姿もあった。全員が同級生だ。何がきっかけというわけではなかったけど、三学期に入ってから、これまで別行動をとっていた、樹愛率いる女子不良グループと、オレが「率いられる」男子不良グループが、つるみ始め一緒にヤンチャをするようになっていた。

そのたまり場と呼ばれる場所が、よくありがちな風景だが校舎の屋上だった。そこが、オレたちの聖域だった。

「アホのウラに、さらのセッタとられてもうたわっ」

そう言いながら、輪の中に加わり、悟志がくれたセブンスターを口にくわえた。どうってコトはない。ただ授業中にバクチクを鳴らし、授業を妨害しただけだ。それで、仕事中だというのに、父親は呼び出され、オレも生徒相談室へと連行され、担任のウラに買ったばかりのセブンスターを没収されてしまった。ただそれだけのことだ。

中学二年生のオレにとって、確かにタバコ代の220円は大きかったけれど、たいしたコトではない。一つ、憂鬱なコトがあるとしたら、学校よりの出頭命令の罪状をコト細かに父が母にチンコロしているコトだ。律儀な父は、バカ息子がタバコを没収されていたコトまでキチンと塚口家を牛耳る大黒柱の母へと報告しているに違いない。今頃、母は頭からツノをはやし、ボンクラ息子の帰りを今や遅しと待ち侘びているコトだろう。それを思うと、心の端っこのほうが、少しだけチクチクと痛んだ。

オレは仲間たちと悪さをするたびに、そんな小さな痛みを抱えながら、その日、その日をワクワクしながら生きていた。ドキドキするスリルを味わいたかった。

まだ大人になるという意味もわからなかった。５年後の自分なんて想像できない。明日のことにさえ興味はなかった。

この頃の興味といえば、テレビゲームやマンガでも、もちろんスポーツでもなく、ぶっちぎりで樹愛のコトだけだった。

遠くから眺めているのが精いっぱいだった樹愛が、今は手を伸ばすと触れられる場所にいた。オレは毎日、その樹愛を笑わすコトばかり考えていた。企み通りに樹愛はよく笑ってくれた。オレのくだらないギャグにも冗談にも、よく笑顔を見せてくれた。その笑顔が本当に楽しそうだったから、オレも心から嬉しくて、またバカなコトを考えた。

いつか、この時間が過去になるコトは漠然と理解してはいた。けれど、いつまでも壊れずに「永遠」であって欲しいと思っていた。多分、オレだけではなく樹愛も悟志も他のみんなも、そう思っていたはずだ。


「あ〜あっ、明日なんで創立記念日と違うねんっ。ホンマ休もうかなっ？」

学校からの帰り道に冬の香りを胸いっぱいに吸い込みながら、空で輝く星屑を見上げ、ため息に支配された白い息を撒き散らした。寄り道して遊びほうけているうちに、時刻は午後9時を過ぎていた。いつものコトだ。

「心配せんでも誰かくれるて」

気休めなんていらなかった。オレが欲しいのは、チョコレートだけだ。

「いいやっ、誰もくれへんな。間違いない。マサキはええよなっ。サユリちゃんがいてるし、モテるもんなぁっ」

投げかけられた気休めの言葉を力強く否定しながら、マサキを羨ましく思った。それだけの理由がマサキにはある。中学二年生のクセに、サユリちゃんというべっぴんさんの彼女がいるのも、その理由の一つだし、男のオレから見ても、可愛いらしいマサキの顔もモテる理由の中にはあった。

幼稚園の頃の4個をピークに2月14日は敗け戦が続いていた。数年前までは、自軍の母と姉から、虚しさとやるせなさでコーティングされたチョコをもらっていたが、それすら姉が小四で終わり、母も小六を最後にくれなくなった。理由は簡単だ。姉の場合は、よくオレが姉の貯金箱やサイフに手をつけるからで、母の場合はオレが中学生になり、可愛気のないコトばかりして、母を怒らせるからであろう。もしかしたら、「巣立て」という意味合いも含まれていたかもしれない。

そもそもヤンキーは本来、モテるものではないのか。ヤンキーマンガの主人公を見ても、大概モテているし､可愛いギャルがついている。オレの場合､罪の清算としてコンチクショウ的にバリカンで担任のウラに剃り上げられた青ピカリの坊主がいけないのか。それとも主人公ではなくエキストラに近い、通りすがりの脇役だからモテないのか。多分、その辺りが的を射ていると考えていた。年かさのいかない「ぼく」だった頃のオレには、自身の性格が大きく関係しているというコトには思いが至らなかった。若さとは実に美しく、そして無知である。

「樹愛がくれんちゃうん？」

何を血迷ったか、マサキはそんなコトを言い出した。

「なっ、なんで、樹愛がオレにくれんのさっ。オッオレそんなんちゃうしな。なっ、なっ、なんで樹愛がくれんのさっ⁉」

自分でも惨めなくらい言葉を吃らせ、大慌てで否定した。オレには動揺すると標準語が入るという変わったクセがある。そんなオレを見て、マサキはますますニヤニヤし出した。

「だって塚口は樹愛のコト好きなんやろ？」

「だっ誰が言ってたのっ！　もしかして悟志⁉」

オレは迷いも戸惑うコトもなく、幼稚園からの無二の親友を疑った。悟志にだけは、胸に秘めた一途な想いを打ち明けていた。

「そんなん、みんな知ってんで。中一の時、樹愛が学校に来てへんか、毎日オレらの教室まで見に来とったやんっ」

バレていた。隠密の上にスパイばりに、ぬかりなく自然体を装っていたというのに、こやつは人の心を見抜くエスパーか⁉　はっ！　そういえば、マサキと樹愛は一年の時、同じクラスだったではないか。誤算だった……。

「ちゃう、ちゃう、ちゃうしな。あれは別に樹愛を見に行っとったわけではなくて、違う好きな女子がいたからやしなっ」

この期に及んでとはよくいったもので、オレは往生際悪くしらばっくれた。

「はいっ、はいっ」

「ホントやって、ホントに、ホントにホントやってぇ！」

ムキになればムキになるだけ、否定の証と思い込んでいたあたりが、まだまだ「お子ちゃま」だった。ひたすら憂鬱だった。心の端っこがチクチク痛んだ。

これから死ぬまで、毎年2月14日がやってくるかと思うと、先が思いやられた。どっかの国の大統領選挙なんかより、オレにとっては明日、チョコがもらえるか、もらえないかのほうがよっぽど重大なでき事だった。

――樹愛がくれんちゃうん？

マサキの言葉にドキッとしたけれど、そんなコトは絶対にない。あったらいいけれど、絶対にない。あったらいいのだけれども……。

翌日、少しの期待と大きな不安を抱え、オレは同志である悟志と一緒に戦場となる学校へと向かった。戦場に着く前に戦は始まっていた。

「サトシせんぱーいっ！」

この瞬間、オレと悟志の幼稚園から続く友情は、はかなく途切れた。目の前にかけ寄ってきた兵は中一の女子三名。パッと見たところ、足軽のレベルではなかろうか。ただ、全員が槍ではなく、胸の前にファンシーな包装紙に包まれた贈り物を持っていた。

「せんぱいっ、コレ食べてください」

同時に、贈り物を差し出す。どこからどう見てもチョコだ。しかも、ハート型であることは容易に想像がついた。

「ちょっと待ったらんかいっ、ワシの立場はどないやねん！」

時が平成2年ではなく、酸いも甘いも噛み分けた2000年代ならば、迷うコトも誰に遠慮してみせるコトもなく、こうカマシ上げていたコトであろう。ともすれば、このコトによって心のバランスを崩し、精神的苦痛を与えられたとインネンをつけ、三人の足軽からチョコを恐喝してやろうと目論んだかもしれない。

しかし、この頃のオレは、いかんせん、生ぬるい「お子ちゃま」だ。ツッパっていても、所詮は中学二年生だ。やり場のない恥ずかしさに、顔を真っ赤にさせながら、うつむくコト以外の術を知らなかった。

これがあとへと続く悲劇の始まり。いわば、序章にすぎなかった。2時限目の休み時間のことだ。よしみちゃんというグループのリーダー的存在の武将と厠（トイレ）から出たところで、また敵に出くわすことになる。

「よしみくん、はいっコレッ、チョコレート」

「おうっ、サンキュー」

武将の名が聞いてあきれる。クールにチョコを女子から受け取るよしみちゃんの横で、オレは空気と化していた。

「塚口、食う?」

殴ってやろうかと思った。一兵卒ながら謀反を起こしてやろうかと思った。よしみちゃんは受け取ったばかりのチョコを無造作にオレへと向けると、コトもあろうに食べるかどうかと尋ねてきやがった。よしみちゃんが我が軍における武将でなければ、間違いなく踊りかかっていただろうが、これ以上に惨めになるのはごめんこうむりたい。

「ううん、いい。歯痛いねん」

自ら惨めさに拍車をかけてしまった。

「つかぐちっー！」

時は昼休み、ついに来たかと思った。一人廊下を行くオレの後方から一人の騎馬隊が、かちどきを上げて、追いかけてくるではないか⁉　ついに義勇兵の登場か？

緊張が高まる。確か田中さんだったと思う。もしかしたら、鈴木さんだったかもしれない。機は熟したと思ったオレは、緩み落ちそうになる頬を無理に引き締めて、よしみちゃんばりのクールさで振り返った。完ペキだった。

息せき切った田中さんか、もしくは鈴木さんの手には、やはりチョコが燦々と輝いていた。オレは今でも、そのチョコを見て、ドキッとしてしまった胸の鼓動を鮮明に覚えている。息を整えると、一呼吸置いて彼女は言った。

「マサキ、知らん？」

ギャグかと思った。ちっとも笑えない現実だった。オレも一呼吸置いた後、大きく息を吸い込み、彼女に向かって一気に吐き出した。

「知るかぁ！　この大バカモノォー！」

彼女は義勇兵でも援軍でもなく、ただの斥候兵であった。その後も誰かがチョコを貰う現場に遭遇するコトはあっても、オレがチョコと遭遇するコトはなかった。

すっかりすね上がったオレは、誰に告げるコトもなく、6限目の授業をサボって、戦線離脱するコトにした。戦場からの帰り道、もしかしたらオレはこのまま結婚できないのではないかと恐怖に怯え、それどころか一生童貞のまま彼女すらできないのではなかろうかと、暗黒の未来におののいていた。やはり休めばよかった。負けるとわかっていて、リングに上がってしまった自分自身がうらめしかった。

「どないしたん、じっちゃん？」

視線を上げると、目の前に樹愛がいた。

「さっきから、なんべんも呼んでんのに、一人でブツブツゆうて、気持ち悪いでぇ」

「きっ、気持ち悪いとかゆうなっ！　ほっといてくれ！　独り言ゆうて、なんかお前に迷惑でもかけましたか？」

「うわっ、ごっつ感じわる。樹愛に向かって、お前なんて呼ぶんや。はは～ん、さては一つもチョコもらえんで荒れてんなっ、じっちゃん？」

いたずらっ子のような笑みを浮かべて、オレの顔を覗き込む樹愛。言うまでもない、図星だった。

「なんの話しやねん。オレは病に倒れた親戚のおばちゃんを想って、深く沈んどっただけじゃっ」

ウソがペラペラと出てくる。そういえば母は、よく「あんたはウソから生まれたんか！」と、叱ってきたもんだ。が、母よ、それを言うなら口からであろう。

「ウソつけ」

もちろん樹愛の言う通り、まったくのデタラメだった。

「ウソちゃうわっ。はよ帰って親戚のおばあの代わりに、幼い甥っ子らの夕食の支度せなあかんのじゃ。忙しいから、もう行くぞ」

やはり母は正しかった。オレが生まれてきたのは、口からでも母からでもなくウソからのようだ。オレは、たらふくのウソをつくと足早に樹愛の横を通り過ぎた。

「あっ、雪や」

樹愛の声につられて、オレは空を見上げた。雪なんて一粒も降っていなかった。

「アホが見るぅ〜」

「誰がアホやね……」

オレは言葉を吐き出しきる前に、樹愛が差し出す手を見て、固まっていた。

「はいっ」

今日一日、いや、ずっと捜し求めていたものが、樹愛の手の中にあった。

「ギリやでぇ」

「わっ、わかっとるわ」

引ったくるようにして奪い取るところが、オレらしくて可愛気がないけれど、今日、チョコを受け取った男どもの中で、オレが一番幸せな自信があった。

「ほんと、可愛くないなっ。だから、じっちゃんは女の子に嫌われんねんで。女の子には、もっと優しくしてあげんといかんねんでぇ」

ズケズケと傷つくようなコトを言ってくれる。

「うるさいわッ、ほんじゃあなっ！」

どこまでも可愛くないオレは、またまた可愛くないコトを口にすると、スタスタッと歩き出した。握りしめたチョコは包装紙に包まれていても、汗ばむ手の熱で溶けてしまうんじゃないかと心配だった。

オレは歩を止めて振り返った。樹愛はまだオレのコトを見ているかと思っていたけど、樹愛も背を向けてスタスタッと歩き出していた。

「きあいー！」

オレは樹愛を呼び止めた。そういえば。前にもあったよな、こんなワンシーンが……。

「まぁ、その、なんてゆうかっ、あれやぞ。その……」

ありがとうの言葉が、照れ臭くて、なかなか口元までやってこない。

「何よー」

「何よってゆうなやっ、なによって。今からゆおうとしてるのに、ゆわれへんやんケ……。

だからアレやんケ……そのなんてゆうか……ありがとな」

言い終わったオレは、もう樹愛の振り返った顔を見るコトすらできなかった。

「あーっ、じっちゃんがありがとうゆうてる！　みんなにゆうたろっ～」

だから、言いたくなかったのだ。オレは顔を赤らめた。

「茶化すなやっ！」

「ウソ、ウソ、じっちゃん、ごめんてっ」

「ふんっ！　ほななっ」

「うん。バイバイ、じっちゃん」

もしもこの時のこの「バイバイ」が、当分の別れになる「バイバイ」だと知っていれば、オレはもっと違う何かを言葉にすることができていただろうか。ずっとあたためていた想いを言葉にして、樹愛に告げるコトができただろうか。多分できなかったと思う。

何も知らなかったオレは、大いなる照れと胸の高鳴りを独り占めするために、わざとしかめっ面をつくって、その場をあとにした。そうでもしないと、今にも顔がデレッと崩れてしまいそうだった。

「何よ、あんた気持ち悪い顔して」

よっぽどオレの顔は気持ち悪いのであろうか。本日、二度目の「気持ち悪い」である。

それにしても、我が弟に向かって吐く言葉か。

「なっ、何、勝手に入ってきとんねん、ブタゲルゲッ！」

オレは赤面しながら、勝手にオレの部屋へと入ってきた姉を睨みつけた。オレもオレで、ブタグルゲとは、我が姉に向かって吐く言葉か。オレの名誉のために一応言っておくが、何も赤面したのは、数ヶ月前に覚えた一人エッチの最中だったからではない。

なぜ、赤面していたかというと、樹愛からもらったチョコを机の上へと置き、眺め回してヨダレを垂らしている現場を、姉に目撃されてしまったからだった。なんの許可もなく、人のプライベートを覗きみるとはなんと失礼な奴だ。

「誰がブタゲルゲよっ！　あんた、またアタシの財布からお金とったでしょう！　返しいよ、5千円！」

本当に失礼な奴だ。人の部屋にノックもせずに入ってきたかと思えば、いきなり人を盗っ人あつかいしよって。我が姉とはいえ、許し難き所業。確かに、その5千円は拝借したような記憶もないコトもないが、もしもまかり間違って、自分の数え間違いや、思い違いだったり、母から小遣いをあまり与えてもらえない、父の犯行だったらどうする気だ。オレは我が姉とはいえ、名誉毀損で裁判沙汰も辞さない構えを見せ、胸にうずめく怒りをブチまけた。

「ふんっ、知るか！」

その後の姉の言葉は暴力そのものだった。たかだか五千円で、ここまで罵詈雑言を浴びせられなくてはならぬものだろうかと思えるほど、オレが言うのもなんだが悪質なものだった。まともに聞いていると、オレの人格、存在そのものを否定されている気にさせられてしまい、ひどく落ち込んでしまった。だけど、それはいつものコトだ。逆らわず、抗わず、ただ台風が通り過ぎるのを待った。

「あんた、お母さんにゆうたるからな、覚えときいよ！」

お前さんこそ覚えておいたほうがいい。机の引き出しの裏側に、1万円札の入った封筒を隠しているのをオレが知っているコトを。姉がお決まりの捨てゼリフとともに、派手な音を立てて、出ていったドアを見ながら、オレは不敵に微笑んだ。

せっかくのムードも招かざる客の乱入でブチ壊しである。しかし、腹立たしい気分も、机の上で輝いているチョコをガンミすれば、次第に和らいでくる。それは、スーパーなんかでよく売られている1個98円程の品物かもしれない。けど、そんなコトは関係なかった。問題はその98円のチョコの中に、愛という、目には決して見えない、想いが込められているかどうかなのだ。そのチョコの中には98円どころか、10万円出しても決して手に入れるコトの叶わない、ふんだんの愛がトッピングされている気がして仕方なかった。

これは愛だ。確かなる愛の化身だ。

もうこの頃には、今に繋がる人間形成の端緒が現れており、98円のチョコの向こう側に、二人の愛の行方まではっきりと見えてしまっていた。

「樹里！　すぐおりてきなさいっ」

そんなバカ息子の行く末を本能的に案じたのか、いや単に姉のチンコロが入っただけだろう。母のとがった声が鳴り響き、現実へと引き戻されていったのであった。

翌日、誰から伝えられたのか。オレにとっては、あまりにもショッキングなことだっただけに、一時茫然としてしまい、その前後の記憶がすっぽり抜けている。

ウソっ！　まずそう思った。そして、そうであって欲しいと願った。次第にそのコトが事実だと理解し始めると、今度は人生の終わりを悟った。喪失感というヤツを初めて知ったのもこの時だ。昨日まで、オレに愛？をくれた樹愛が、いきなり転校してしまったのだ。

あんなに軽いバイバイが、永遠のバイバイなのか。ひど過ぎやしないか。なぜ、樹愛は昨日、そのコトを教えてくれなかったのか。もしや、病に倒れた親戚のおばちゃんのために家路へと急いでいるなどと、オレがついたウソを信じたのではあるまい。樹愛の声が、笑顔が、香りが、見たことはないけど身体が、遠ざかっていく。

オレは樹愛に告白すらできないまま、この冬、二度目の失恋をしてしまった。空からは、樹愛が昨日、ウソをついた雪が舞っていたのを覚えている。

その雪はどこまでも白く、そして、どこまでも儚く脆かった。

平成20年7月7日

彦星と織姫でさえ、七夕には天の川で逢い引きしよるというのにだ。今日、この日のオレはどうでありましょうか。

七夕にメイクをバッチリきめた奴が、心をときめかせて面会にやってくると、まるで乙女のように待っていたが、案の定、奴はやってこなかった。あげく嘲笑うかの如く誰からも、もちろん奴からも、手紙すら届きやしない。中で生活する者にとって、何が励みであり、何が楽しみかといえば、それは社会の者からの手紙や面会に他ならない。最近のように面会どころか、2週間も3週間も手紙すら届かなければ、オレは本当に世の中から必要とされている人間なのだろうか、と哲学的なコトまで考えさせられてしまう。

——今日は七夕やから、絶対逢いたいって思っとってん。

2年前、まだガラが、警察の留置場に繋がれている時だった。奴は面会時間が終了し、退室する間際にそんなコトをおっしゃっておった。奴は別人になってしまったのだろうか。もしくはハナから別人だったのだろうか。

オレはそんなにも奴に難しいコトを言っておるか？　たかだか月に三度の面会と週に数回の手紙、ハガキだっていいから、中に入れてくれと言ってるだけではないか。そんなに自分勝手なコトなのか。

日記に、こんなコトを書いても仕方ないが、オレだけに限らず社会に女を待たしている懲役は誰しも綺麗な姿を想像し、自分の帰りを待っていてくれることを願う。一途に脇目も振らず、待っていてくれと祈るのだ。自分勝手だ、自己中心的だ、と批難されようが、それが懲役の真情である。

一方で、それがいかに難しいコトかも、充分に理解している。娑婆でも中でも、男でも女でも、人間24時間365日。完璧でいられる人間なんていやしない。そんな人間がいるとすれば、それは心のない人間だ。死んでいるのと変わりない。

綺麗なものを見れば、美しいと思い、おいしいものを食えば、うまいと感じれるのが、健全な人の心であり、感情なのだ。4年もの間、社会で女一人待っていれば、場の雰囲気に飲み込まれてしまうコトだって、優しい言葉にホロリとしてしまい、肩を抱かれるコトだってあるかもしれない。それは悲しいコトだけど､同時に仕方ないコトでもあると思う。ただ、わからぬようにやってくれ。毎月、キチンと来ていた面会が急に途絶え、毎日届いていた手紙が減っていけば、誰だって勘繰り始めやしないか。それで、たまに手紙が届いたかと思えば、体調が悪く病院と家を往復する毎日だという。初めのうちは心配する。だけど、不治の病でもなかろうに、それが3ヶ月も続けば誰が信用するというのか。少なくともオレは信用できなかった。限度というものがある。

オレは今まで、別れ際に腹立たしさに任せて、これまで渡したプレゼントを返せだの、使った金を返せだのと言う奴を男のクズだと思っていた。どんなコトがあっても、そんな男だけにはなりはしない、と思っていた。だけど、どうだ。いざ自分自身がそういう局面に立たされてしまうと、最低な男に成り下がろうとしているオレがいる。それが、どれだけ男を下げる行為であるかは充分に理解した上で、言わなければ気がすまない。

現に、呪詛の手紙をしたため、今の今まで、明日発信してやろうと思っていた。今日、面会も手紙もなければ、奴に引導を叩きつけてやる気マンマンだった。たとえ、後悔するとわかっていても。だが、結局は思いとどまった。

今日、同僚の吉岡氏の顔を見てしまったからだ。氏とオレの立場はよく似ており、よく運動時間を利用して「会合」と称し、傷のナメ合いをしている間柄だ。吉岡氏はオレよりも早く決断してしまい、3週間ほど前だったか、嫁はんに向かって、「どないするかはっきりしたらんかいっ」という一文を男らしく叩きつけてしまった。その返事が昨日届けられたわけだ。内容は聞かずとも、氏の見るも無惨な表情で、どういうものだったか、言い当てるコトができた。嫁はんにはっきりとされてしまったのだろう。べっとりとクマができた顔には、3週間前の男らしさなど微塵もなく、明らかにこう書かれているかのようだった。

——早まるんじゃなかった……と。

氏の姿を目の当たりにさせられ、とてもじゃないが、玉砕覚悟で手紙を出す気は消え失せてしまい、正直、氏に降りかかった事実が次は我が身に起こることだと思うと、そら恐ろしくなってしまった。

憎しみながらも、恨みながらも奴やチビたちはオレの心の支えになっている。正直に言ってしまえば、もう社会で一緒に暮らす未来は描けないし、いずれは別れなければいけない日がやってくるのも実は覚悟している。だけど今、自分の手でそれらを失うコトだけはしたくなかった。できるコトならば、ギュッと目をつぶり、気付かぬフリをしてやり過ごしてしまいたかった。情けない。男らしさなどどこにもない。

奴への不幸の手紙はまだ出せそうにない。なぜなら、オレにとっての不幸の手紙になってしまうからだ。今日も寝苦しい夜になりそうだ。

彦星と織姫の破局でも天の川に願ってやるとするか……。

平成22年7月7日

2年前のオレは塀の中でかろうじて息をしていた。湧き上がるドス黒い情念をひたすらやり過ごし、いつ見捨てられるかわからないという恐怖に支配されながら、どうにか生息し続けていた。

愛情なんてなかったと思う。出所したら、こちらから別れてやろうとさえ思っていた。

だが、どうしても塀の中で別れるのだけは、ごめんこうむりたかった。理由は簡単だ。奴、リノに見捨てられてしまえば文字通り、本当の一人ぼっちになってしまう。それが怖かったのだ。

「別れてやる、別れてやる、ぜっーたいに別れてやる！」

呪文のようにつぶやきながらも、ただひたすら面会へと来てくれるコトを祈っていた。

やはり、オレは病んでいた。

「りゅうは、なんて書いたんっ？」

七夕の笹に飾る短冊に願い事を書く次男に尋ねた。とらのすけもあいのすけも、そして目の前のりゅうのすけもオレの実の子供ではない。リノと前の男との間にできた子たちだ。

「弁護士になれますよぅにっ！」

りゅうのすけは、オレの問いに叫ぶように答えると、書き上げたばかりのピンクの短冊を見せてくれた。小学六年生とは思えないほどの達筆でしたためられている。懲役で独自に練習したオレなんかより、ずっとうまい字ではないか。七夕のこの日、3兄弟の中で、一番最初に帰宅してきたりゅうのすけと、オレは二人で短冊を書いていた。

「樹里は何お願いすんの？」

大きな瞳で少しはにかみながら、声変わりし始めた声で、オレに尋ねてきた。

「そうやなっ、りゅうとあいがケンカしませんようにってお願いしよっかなぁ？」

冷蔵庫のジュースがなくなった、テレビのチャンネル争い、ゲームの順番の後先……日常生活のあちこちで、りゅうのすけとあいのすけは取っ組み合いを始めた。引っかき合い、つねり合い、一度始まったケンカは、叩き合いへと発展し、ママの雷が落ちるまで続けられる。まあ、よくもそんなにケンカする理由があるもんだ、とケンカを商売にしているオレでさえ、感心してしまうくらいだ。

「違うでっ！　あれは、あいが悪いねんでぇ。いっつも、いっつも弟のくせにゆうコトきかへんし、それになっ、ぼくのコトへいすけとかへんな呼び方するしな……」

お兄ちゃんのりゅうのすけが言う通り、わがままなのは、弟のあいのすけのほうだろう。天真爛漫なあいのすけは、わがままいっぱいに生きている。真ん中のお兄ちゃんの彼は、いつもそれに手を焼かされているというわけだ。

だけど、そんなあいのすけのコトを心の中では大好きなのをオレは知っている。時々、お兄ちゃんのりゅうのすけのほうがやり込められて、泣かされてしまうコトもあるけれど、あいのすけのコトを大切に思っているコトを、オレは知っている。そんなりゅうのすけの弟想いの部分がオレは大好きだった。この優しさを育んで、大きくしてやるコトがオレの役目ではないかと思っていた。

「りゅうはなんで、弁護士になりたいん？」

「樹里がな、警察に捕まった時に助け出してやらんといかんからなっ」

なんて健気で頼もしい子であろうか。子供心に自分の大切に想う人が病に苦しんでるのを見て、医者とになって救ってやりたい、というのは聞いたコトあるが、ろくでなしのヤクザ者がパクられた時に情状酌量を訴え、少しでも刑期を安くするために、弁護士になりたいというのは初めて聞いた。

「りゅう先生にイザという時は弁護を依頼することにしよか。ただ、おばあちゃんには内緒にしといてな」

書き上がったばかりの短冊を、りゅうのすけと一緒にベランダの笹へとくくりつけた。

二人でその笹をニコニコしながら眺めていた。

「彦星様と織姫様はちゃんと天の川で会えんのかな……」

まだ星が見えない明るい空を見上げながら、りゅうのすけがポツリとつぶやいた。穏やかで、平和なひと時がここにあった。もし時空を超えるコトができて、ドス黒い情念をくすぶらせ、のたうちまわっていた2年前のオレに、この光景を見せてやるコトができれば、残りの受刑生活がどれだけ楽になったコトか。

まもなく始まる盛夏を頬に当たる風に感じながら、オレはそんなコトを考えていた。

「ただいまっ！　ただいまっ！」

なぜ、あいのすけは「ただいま」をリフレインするのか。どこから帰ってきても、あいのすけは必ず大声で二度帰ったコトを告げる。リノの話では、家の中に誰もいなくても、行われるあいのすけの儀式らしい。

「じゅりとへいすけ、何、何してんの？」

ベランダのオレとりゅうのすけを発見した彼は、賑やかな声を上げて駆け寄ってきた。

「短冊書いとったのっ。あいも今日、2時間目のゆとりの時間に学校で書いたやろ」

りゅうのすけがそう説明すると、何事にも好奇心旺盛なあいのすけは、その瞳をキラッキラッに輝かせている。

「貸して、貸して、あいも書く、あいも書く！」

どうも彼は基本的に同じ言葉を二度繰り返すようだ。

「ちょっと待て、用意したるから」

身体いっぱいで慌ただしく辺りを飛び回るあいのすけを制して、新しい短冊とマジックペンを、りゅうのすけはビニール袋から取り出し、あいのすけに手渡した。

「はよ、貸せやっ」

りゅうのすけの手からひったくるようにして、すぐに短冊へとペンを走らせた。あいのすけの乱暴な振る舞いに、りゅうのすけは頬を膨らませていたが、いつものコトと思ったのだろう。あいのすけを咎めるようなコトは言わなかった。

オレは長男のとらのすけを含めて、こうやってチビたちのやりとりを何気なく眺めているのが好きだった。

「でけたあっ！」

書き上がった短冊を大空に向かって掲げた彼の表情は、得意そうに輝いていた。やはり兄弟だ。先程のりゅうのすけと同じ表情をしている。

――もう、じゅりが刑むしょにつれてかれませんように。

あいのすけが書いた水色の短冊には、はみ出してしまいそうな大きな文字で、そう書かれてあった。お世辞にも上手とは言えない、元気だけが取り柄な文字だったけれど、りゅうのすけといい、あいのすけといい、なんて泣かせる子供たちであろうか。

おいっ、彦星よ。ちゃんと二人の願い事を叶えてやってくれよ。くれぐれも「樹里」という男をもう二度と刑務所に連れていかせないでくれよ……。

あの頃の七夕がずっと遠くになろうとしている。今こうしてる時間も同じように遠くなってしまうのだろうか。うっすらと吹く風の向こう側に、オレはチビたちを見ながら、「あの頃」の時間を思い出していた。

平成5年7月7日

　忽然と音も立てずにオレの前から消えてしまった樹愛は、いったいどこで何をしているのだろうか。オレはこんなにも樹愛のコトばかり考えているというのに、もう樹愛はオレのコトなんて忘れてしまったのだろうか。

　もう4年の月日が経とうとしていた。樹愛がこの街から引越してからの中学生活は、なんだかカレーのかかっていない白いご飯を、カレーライスだと言われ、福神漬けだけで食べさせられているみたいで、ずい分と味気なくて仕方なかった。

　だからといって、ずっとふさぎ込んでいたわけでもない。修学旅行に球技大会、文化祭に運動会。総決算の卒業式にしたって、オレの気分を高揚させてくれる行事は、次から次へとやってきた。それらの一つ一つは時を経て大切な思い出に変わり、心の中の大事な場所にしまってある。だけど、樹愛が引っ越さなければ、もっと楽しい思い出になっていたと思う。卒業式はもっと悲しい気持ちになっていたコトだろう。

中学を三年で卒業させられてしまったオレは進学も就職もするコトなく、再開させた「トルエン」片手に暴走族へと「入社」していた。何も母に弱い父親を見てグレたからとか、すべての大人たちへの反撥心から社会に反抗してそうなったとか、そんな大袈裟なものなどではなく、ただ単純におもしろそうだったからだ。まだまだ世間の枠組みなんかにはめ込まれず、遊び回りたかっただけだ。

オレの周りにも似たようなバカで気のいい奴らが沢山いたけれど、誰もそんなよく言われる、暗い影をひきずった気持ちの悪い奴なんて存在しなかった。どいつもこいつも家の中に閉じ込もっているのが苦手な連中ばかりだっだ。そんなオレの人生に樹愛が再び登場するのは、17歳のちょうど真ん中。7月7日だった。

なんとなく予感めいたものはあった。というのも、その日から遡るコト数週間前、オレは偶然、樹愛の消息を知ってしまったのだ。立ち読み目的で入った近くのコンビニでのコトだった。そこで誰かに樹愛の消息を教えてもらったとか、彼女らしき女性を見かけたとか、そういうオチではない。発売されたばかりの月刊誌に樹愛が載っていたのだ。

~関西初、レディースのカリスマ。男子上等を提げて今宵、土曜の夜に舞い降りる~

確か、こんなキャッチフレーズがつけられていたと思う。その舞い降りてきたカリスマこそが樹愛だったのだ。その記事によると、樹愛はこの街からさほど遠くないところで暮らしており、そこのレディースの頂点に君臨しているというのである。

最初、他人の空似かと思ったけれど、掲載されている写真は、どこからどう見ても樹愛本人だった。何より、初代総長の名前もゆきこやゆうこなら、どこにでもいそうだが、樹愛という名はそう多くはない。おまけに、チーム名が「初代、樹愛」というのだから、もう断言できる。普段は隅から隅まで穴があくほど眺めあかし、決して買うコトなく、ひやかすだけひやかして、元の本棚へと戻す月刊誌だったが、この時ばかりはそういうわけにはいかない。悩んだ揚句、手持ちの小銭と相談するコトにしてみた。結果、仕方なく万引きするコトになってしまった。

その日から、しばらくの間は樹愛の話で持ちきりだった。そして、目の前に控えたこの街、最大イベント。七夕祭りに樹愛が帰ってくるんじゃないか、となっていったのだった。

何から話そう。樹愛に会ったら、何から話せばよいだろうか。話したいコトは焦ってしまうほど、いっぱいあった。同じくらい聞きたいコトも沢山あった。そして伝えたい想いが一つだけ、いつまでも言えないまま心の中に残っていた。

七夕祭り当日、オレは仲間とつるむのが好きというか、つるまなければコンビニとパチンコ屋くらいしか行けないあかんたれのクセに、その日は悟志たちの誘いを断り、単独行動に出るコトにした。理由は樹愛を誰よりも早く発見し、独り占めしたかったからだ。スキあらば告白までもっていってやたろと腹をくくっていた。

でも、樹愛は去年も一昨年もその前の年だって、七夕祭りに姿を見せていない。確率からいえば、来ないほうがはるかに高い。なのに、雑誌で樹愛のコトを見たせいか、なぜか来ると確信していた。なぜか逢えると思っていた。オレは、当時ヤンキーの間でかすかなブームメントの波をおこしていた、ヤンキーとサーファーをかけた「ヤンファー」ファッションに身を包み、姉の部屋から拝借したシャネルの香水なんてものまでひっかけ、七夕仕様に仕上げた下品な愛車（ホンダＣＢＸ４００Ｆ）にまたがった。

七夕祭りがこの街、最大のイベントと呼ばれる所以は何を隠そう我々、暴走族にあった。暴走族の頑張り次第でテキ屋の売り上げまで変わるといわれたほどだ。七夕祭りの会場は国道沿いに面しており、その沿道にテキ屋の出店がずらりと並ぶ。暴走族はそれをめがけて、単車で吹かしに現れ、祭りに来ていた若者たちはもちろんのコト、おっちゃん、おばちゃん、果ては、じいさん、ばあさんに至るまで国道に単車が現れるたび、即席のギャラリーと化し辺り一面、暴走族天国となるのである。

もちろん、爆音を聞きつけたパトカーがすぐに出陣してくるので、時間にして3分程しか吹かし回れないが、ほとぼりがさめれば、すぐに次の突撃隊が爆音とともにやってくる。そして3分後には、またパトカーが狩りにやってくるのだ。これが七夕祭りが終わるまでエンドレスに続く。ちょっと交通機動隊が取り締まりを強化すれば、すぐにイタチごっこは終わってしまう。いくら暴走族の多くがアホだからといって、交通機動隊でごった返した場所にわざわざ飛んで火に入る夏の虫となりにいくわけがない。アホもアホなりにカンベツ所や少年院はこわい。だったら、なぜ続くのかの答えは一つだ。

これもこの街の夏の風物詩。恒例行事であり、暴走族が吹かし回るコトも、大事な七夕祭りの一環に含まれているからである。交通機動隊にしても、任務上、一応やってはくるものの半分お祭り気分で、ちょっと垢抜けた交機などは、パトカーのマイクをつかって、

「こらっ！　つかぐちぃ！　もっと派手に吹かしたらんかいっ！」

とがなり立て、ギャラリーを喜ばせたりする。去年までは先輩たちがいたので、あくまで先輩の主導のもと、この祭りを楽しんでいたが、今年は違う。先輩たちはみな去年のクリスマス暴走を最後に引退してしまい、今年からはギャラリー側へと回った。残ったオレたちの世代が最年長となり、主役となった。悟志もマサキもよしみちゃんも他の奴らも気合いの入り方が、これまでと違っていた。でも、オレだけは違う意味で気合いが入り、違う方向を見ていた。

オレは七夕祭りの会場を目指して、ＣＢＸを走らせていた。前方の沿道に出店が見え始めたあたりからスローダウンさせ、片側二車線を使い、右に左にローリングを繰り返した。

オレのローリングが交通渋滞を巻きおこす。沿道からは大勢のにいちゃん、ねえちゃんが飛び出してくる。オレはアクセルをリズミカルに切り、ギャラリーに応えた。

生きていると思える瞬間だった。なんの取りえも、やる気すらないオレなんかの輝ける場所がそこにあった。中学を卒業しても進学せず、かといって仕事をするわけでもないシンナー、タバコ、カツアゲ、万引き、暴力三昧の日々を過ごしていた。自他ともに認める街のクズが今日だけは輝いていた。明日のコトなんてどうにでもなったし、どうでもよい時代だった。刹那的かもしれないけれど、「今」その時がオレの、オレも含めたすべての悪ガキたちの、すべてだった。おっさんになって、それぞれの道へと歩いていった仲間たちも、あの頃は同じ心境だったたと思う。

心地良い優越感に胸を高揚させながら、オレはメイン会場を吹かし回った。夜空に轟く爆音。この中に樹愛はいるのだろうか。どこかで今のオレを見てくれているのだろうか。見ていて欲しかった。うわの空で、そんなコトを考えていた時、どこからともなくパトカーのサイレンがけたたましく響きわたり、オレの撒き散らす爆音を飲み込んでしまった。

早過ぎた。もうしばらくこの脚光を浴びていたかった。本当だったら、パトカーをまいたあと、どっかで一服して何度となくトライアルするのだけど、今日のオレにはそんな時間はない。今日の最大の目的は、単車で吹かし回るコトではなく、樹愛を捜し出すコトなのだ。

オレは追跡してくるパトカーをまいたあと、七夕祭りの会場から少し離れた神社にCBXを隠した。会場までは少し遠いが、ロケットカウルぶち上げにスーパーロングツッパリのファイヤーパターンの出で立ちは、目立ち過ぎて困る。ここに隠しておいて、歩いて会場に向かい、樹愛を捜すコトにした。遠くからゆるい風に乗って、祭りのざわめきが聞こえてくる。このざわめきに今よりガキだった頃は、胸をわくわくさせたものだ。

そのざわめきを一瞬でかき消すかのように、大きな地響きが鳴った。奏でられるアクセルミュージック、割れんばかりの5連ラッカラーチャー、悟志とマサキに違いない。二人は七夕祭りに青春のすべてを賭けていた。現場作業で貯めた金をすべて単車の改造費に注ぎ込み、何日も前から、この日のために徹夜で単車を作り上げていた。そういえば、服装も特攻服を着て、チームの旗まであげると騒いでいた。

一瞬、オレも血が騒ぎもう一周だけ出陣しようかと思ったけれど、樹愛への想いがなんとかそれを踏みとどまらせた。小刻みに刻まれるアクセルミュージックを聞きながら、会場へと急ごうと小走りで走りかけた時、オレが単車を隠した場所より、もう少し離れたところに同じタイプのCBXが停まっているのが目に入った。

誰の単車であろうか。チーム内にCBXを乗っている奴は結構いるけれど、どの仕様とも違う。誰か神社の中にいるのだろうか。この辺りの族車とは少し違う改造で、小綺麗なCBXを一通り眺めたあと、少し気になったので神社の中に入ってみた。

それが樹愛だというコトは、後ろ姿を見ただけですぐにわかった。樹愛はこちらに背を向けて座り、花火をしていた。顔は見えていないのに、樹愛がどんな表情で花火を見つめているかが、なぜだかわかった。

オレはこんなにも驚き、心臓だってバックンバックンしてるというのに、振り返った樹愛の顔には、驚きもそして戸惑いもなかった。まるで、オレがこうして訪れるコトを予感していたかのような顔に見えた。

「あっ、じっちゃんやん。まいどっ」

花火が出す煙に瞳がしみたのか、ほんの少しだけ涙目になって樹愛はほほえんだ。オレは少し離れた石段に腰をおろし、気持ちを落ち着かせるためにタバコへと火をつけた。

「なんでやねん。なんでなんもゆわんといきなり引越したねんっ」

自分でも今の今まで気付かなかったけれど、オレはずっとすねていたのだ。いきなり目の前から消えてしまった樹愛に腹が立っていたのだ。ずっと胸に秘めていた想いを打ち明けさせてくれもせず、「失恋」に似た傷跡だけを残して去っていった樹愛に腹が立って仕方なかったのだ。愛しているなんて意味はまだ知らなかったけれど、こんなにも好きにさせといて、いきなり消えてしまうなんて残酷過ぎるじゃないかっ、そう言いたかったのだ。
「だってや、なんかそういうのって、アタシ苦手やねん。悲しい話ってアタシ嫌いやから
さ。ごめんな？　じっちゃん」
オレも嫌いだ。悲しい話なんかより、楽しい話のほうが好きだ。もしかすれば楽しい話
よりも人の不幸の話のほうが好きかもしれないが、ここではそんなコトまったくもって関
係ない。遠くでパトカーのサイレンが鳴り響いていた。
「雑誌、見たぞ。なんや豊中でレディースやってんのかっ。あーっ！　もしかして、そこ
のＣＢＸ、樹愛のかっ？」
しゃべりかけている最中に、オレは神社の横に停めてあったＣＢＸを思い出した。同じ
暴走族でも、男と女ではその主旨も活動内容も同じカテゴリーに当てはまらない程違う。
男の場合は土曜の夜に改造車で爆音を撒き散らしながら、街中や国道を暴走するのがメイ
ンなのに対し、レディースと呼ばれる女の場合は、４００ＣＣもしくは２５０ＣＣといっ
た単車で暴走するコトはまずない。たまに男の集団にまじって女が単車を運転する場合な
らなくもないが、女だけの単車集団となれば、オレの知っている限り、皆無だった。
では、レディースはいったい何をしているのかという疑問にぶちあたるが、率直にいっ
てしまうと、何もしていない。何もしていないわけではないかもしれないが、何もしてい

ないと変わらないようなコトしかしていない。せいぜいやっているコトといえば、集会と称し派手な特攻服を着てカラオケボックスなどに集まり、男なんかには入り込めないさぶい会話をしているか、よくて原チャリでブイブイその辺りを走り回っているかのどちらかだろう。

レディースの方々に聞かれたら、「バカにしとるのかっ!」と怒られてしまいそうだが、スマン、バカにしている。と言うか、バカそのものと思っている。

そんなレディースと呼ばれるバカが、、失礼、女の子が小綺麗なCBXを乗っていると聞けば、これまでの価値観、すべてがひっくり返ってしまうのだけれど、樹愛であれば充分ありえた。もし男どもの中で、樹愛が頭をしていると言われても、オレは驚きはしないと思う。だって、オレなんかより現実味がありそうではないか。

「単車、うまいんかっ?」

やっぱりオレはどこまでいっても男の子だった。樹愛の運転がうまいのか下手なのか気になって仕方ないのだ。

「さぁ、どうかな。じっちゃんは?」

「オレっ?　オレはうまいさぁ。パッツン4台に追われて、逃げきったコトあるし、昼間白バイに追われてまいたコトあんの、悟志とオレだけやしな。それに、ナビオ前でバチバチの検問突破したコトだってあるしって、何、笑とんねんっ。ウソちゃうぞっ。悟志に聞いてみろや！　ホンマにウソと違うぞっ！」

話の途中でクスクスと樹愛が笑い始めたので、うたぐっているのかと思い、ムキになった。確かに、多少の脚色はイナメないが、決して捏造ではない。

「ホンマやぞぉ」

「ううん、違うねん。男の子っていいなって思ったねん」

樹愛の言葉の意味まではわからなかったけれど、どうせなら男の子などという区切りなどではなく、オレのコトをいいなっと言って欲しかった。

「じゃあ、今度はアタシから質問な。塚口樹里くんは彼女できましたかぁ？　あっ、もしかして、いおりと付き合ってたりして？　仲良かったもんね、じっちゃんといおり」

「いおり」とは樹愛と同じグループの女子だった。「バカヤロウめっ！　なんでオレがいおりなぞと付き合わなければならんのだっ」と言ってやりたかったけれど、口には出さず、

「知らん」

とだけ答えておいた。確かに、樹愛の指摘通り、男と女の関係は別として、いおりとはよく話をしたし、ふざけ合ったりもした。どさくさに紛れて、チューしたコトだってある。チューには理由はないけれど、仲良くしていたことには、ちゃんとした理由があった。

いおり本人に聞かれてしまうと、幻滅されてしまうだろうが、いおりが樹愛と仲良くしていたからだった。いおりと仲良くしておき、頃合いを見て、本丸の樹愛に攻め込もうと思っていたのである。悪い奴である。あわよくば、いおりの好感度を上げておいて……。

——つかぐちっていい奴だよね。

なんてコトを樹愛に言うようにし向けてやろうと、戦国武将、真田幸村バリの策まで弄していたのであるから、本物のワルである。我ながら、13歳にして、なんとしたたかなガキであったろうか。おかげさんでろくな大人にならなかったが……。

でも、実際にいおりとは気が合った。男女の恋愛関係という類いの感情とは違うが、いおりのコトは好きだった。中一の時は、男子だけではなく、女子でさえ樹愛に近づくコトができなかったけれど、中二になって樹愛は変わった。その樹愛に最初に近づいていったのが、いおりだった。オレは樹愛と仲良くしているいおりが好きだった。それはオレにとって必然だった。好きな人間。もっと言えば、何より大切に想う人が、死ぬほど憎んでいる人間と仲良く話をしたり、笑い合ったりするコトができるか、というコトだ。それはそれ、これはこれ、とオレは想いをうまく分けるコトができない。単純に樹愛を嫌っている奴とはうまくやれなかったし、樹愛にとって大切なものは、人も物も歌もすべてオレにとっても大切だった。

そんな気持ちをうまく言葉にして、表現するにはもう少し大人にならなければならなかった。17歳のオレには、少しばかりまだ早かった。

「樹愛はどやねん。男おんのとちゃうんかっ？」

本当は、だからオレのコトもオレらのコトも、もう忘れてもうたんやろうが、と言いたかったが、あとの言葉は口に出さず飲み込んだ。何気ない態度を装い、口にしたつもりだったけど、内心、樹愛がオレの質問に答えるまで息苦しくて仕方なかった。

「知らんっ」

樹愛はそう答えると、プイッと横を向いてしまった。

「なんやねんっ、それぇ」

「じっちゃんのまね。知らんっ」

またプイッと横を向く。オレはその仕草がおかしくて、いつの間にか笑い出していた。

樹愛もつられて笑っていた。遠くでまた爆音が上がる。

「誰やろうなっ？」

会場のほうに視線を向けながら、樹愛がつぶやいた。

「悟志とマサキちゃうかな」

毎日、つるんで単車をコロがしていると、リズムのとりかた、コールのきり方のクセで、だいたい誰だか言い当てるコトができた。

「悟志とマサキか。懐かしぃー。なっ、じっちゃん、アタシらも観に行こや！」

樹愛は立ち上がると、単車が停めてあるほうに向かって、駆け出し始めた。

「あっ、ちょっ、樹愛、ちょっと待てって」

振り返った樹愛は思わずうろたえてしまいそうなくらい綺麗だった。どこまでも澄んでいて、透き通った瞳に見つめられてしまうと、今から伝えようとしている想いが、くじけて消えていきそうだった。

「ずっと、ずっとな……」

「えっ、なんてーっ？」

意を決して、オレはひと呼吸おくと、声を張り上げるように叫んだ。

「オレなっ、ずっとお前のコト好きやねんぞっ！」

言葉にしてしまうと、すげえどんくさいけれど、オレの勇気を褒めてやりたい。樹愛は一瞬表情を止めたあと、

「そんなん、ずっと前から知ってるわぁっー！」

叫ぶようにそう答え、零れそうな笑顔をオレに作ってくれた。

「じっちゃーんっ！　はよきいやぁー」

大袈裟に手招きする樹愛に向かって、オレは駆けた。このままどこまでも、樹愛に向かって駆けていきたかった。映画やドラマみたいな決めたセリフはなかったけれど、これが二人の愛の言葉になった。

そして愛の始まりになった。樹愛はオレの彼女になって、オレは樹愛の彼氏になったのだった。

平成20年9月

前略

心淋しい日々が続いています。

何度も書いては書き直し、書いては書き直しを繰り返しているうちに、時間ばかりがいたずらに過ぎてしまいました。身体のほう、少しは良くなったでしょうか。

先日こちらに届いた封書とハガキはどちらも大切に読みました。ハガキの文面には、「病院と家とを往復する毎日だけど、大丈夫やから心配しないで」

とありましたが、その筆圧からも次に届けられた手紙の文字からも元気がないのがこぼれていて、今オレは凄く悲しくなっています。

同時にあらためてですが、あなたが社会から綴ってくれる手紙や、面会で見せてくれる笑顔が、こんなにもオレの心の支えになっているのだというコトを再認識させられました。

面会もそして手紙も届かない日、心はいつもからっぽのままです。

オレは無神経な男やから、気配りの足りない言葉を口にしてしまったり、知らず知らずのうちにあなたの心を傷つけるようなコトを言ってしまっているかもしれません。

それに、あなたの言う通り、すぐに悪いムシが出て、すねてまうしな……。まさに、それが出てしまったのが、先日の面会です。

自分ではそんなつもりなかってんけれど、やっぱりどっかで、すねとって、そのおかげで会話もぎくしゃくさせてしまったのではないか、とあれからずっと反省しています。なんでもっと気の利いた言葉を、優しい言葉をかけてやれんかったんやろうって正直、落ち込んでしまいました。

オレはあいと一緒で笑ってしまうくらい淋しがりやから、手紙がなかったり面会がなかったりすると、淋しさの余り、物凄く思い詰める習性があります。

早く良くなって微笑むオレに微笑み返して下さい。逢いに来てくれるのを楽しみに待っています。
オレの近況を書き添えておきます。先日から二人の夜間独居に入れてもらい、小説を書いています。もちろんぶっちぎりの恋愛小説です。心ない懲役にその話をすれば、「やくざやねんから、恋愛もんとか気持ち悪いもん書かんと、実録モンを書きや！　つかぐちはんっ」
などと言われますが、そんな野蛮なもん書く気もしません。いつだって、オレが書くのは、～あなたを愛しています。そして～みたいなヤツだけです。充分、気持ち悪いってか（笑）
今書いているこの小説を、ゆくゆくは世に出してやろうと思っています。まだページ数にすれば、半分も書けていませんが、今もってるすべてを出しつくして執筆するつもりです。
オレの言葉はいつだって不安と苦悩、そして未来への夢と希望の中から生み出されていきます。もしも小説家として世に出るコトができたら、今まで犯してきた数多くの過ちも失敗も、恥も、無様さも報われる、そんな気がするんです……なんてな（笑）
努力の向こうに見えるものを、もぎとって帰ります。愛すべき三人のチビたちと信じて待っていて下さい。

追伸

オレが社会に復帰するまで、1年以上の歳月が残ってる。その道中には、まだ様々なでき事があると思う。それでもオレの心の支えであって欲しい。

泣きたい時に胸を貸してやるコトも、淋しい夜に肩を抱いてやるコトも今はできへんけど、オレの帰る場所であって欲しい。その代わり、出所後には生涯オレがお前らの寄り添う場所になってみせるから。

リノの身体と心が穏やかであってくれるコトを願い、そしてチビたちがたくましく育っていってくれるコトを祈り、写経しました。同封するのでお守りにして下さい。

不一

平成22年9月

9月も半分を終了したというのに、連日30度を超える真夏日が続いていた。残暑の厳しさに辟易させられながらも、オレはまだ社会の真ん中で踏ん張っていた。愛は叫んでいなかったけれど、社会にかじりついていた。

前刑は6ヶ月を待たずして再び監獄ロックとなってしまった「懲役太郎」になりつつあるオレにとっては、出所して9ヶ月が経っても「キップ」すら、発行されていない現状はまさに快挙であった。このささやかな快挙を祝して、誰かワシをキャバクラにでも、連れていってくれんだろうか……くれんわな。

「塚口！　あんた、またキャバクラのコト考えてるやろっ！」

オレはサトラレかぁ？　それとも彼女がエスパーなのか。少し前を歩いていたリノが振り返り、軽蔑した視線をオレに放ってきた。

「なんでキャバクラやねん。そんなもん興味すらあっかいっ」

「まいど！　みゆみゆは今日もバリバリ働いて、ぐっすらと儲けておりますかな？　オイラは上司に無理矢理、連れ回され、残業中ですー。最悪。早くお金持ちになって、こんな可哀相なオイラを幸せにして下さい。返事まってるでぇ！」

ギョッとした。オレが昨夜キャバクラの姉ちゃんに送信したメール内容だった。リノは一言一句たがえるコトなく、そらでメールを口ずさむと、まるで変質者でも見るような目でオレを睨みつけた。しかし、オレが送信したメールとはいえ、なんたる駄文であろう。コッパずかしくてありゃしない。

「あいの奴、また勝手に携帯触ったな。まったく困ったやっちゃで、アッハハハ……」

「子供のせいにするなんて、あんたホンマ人として最低やな」

彼女のおっしゃる通り、小学四年生に罪をなすりつけようとは、本当に最低な男である。

笑い声はむなしくひきつって消えていったのだった。ムスッとした彼女が急に立ち止まったので、今度は何をサトラレたかと、どぎまぎした。

「わんわんや」

わんわんなんて名前のキャバ嬢なんていただろうか、と一瞬ドキリとさせられたが、それは源氏名ではなかった。「わんわん」とつぶやいたリノの視線の先には、電信柱があって、そこに白黒のチラシが貼りつけられていた。そこに「わんわん」がいたのだ。

——この6月に生まれたばかりのシーズー犬です。心から大切に育ててくれる人を捜しています。４万５千円から６万円まで
心から大切に育ててくれる人を捜しているクセに、わざわざ太字で値段を書いているあたりに、かすかな胡散臭さと大人の事情が垣間見えているが、「わんわん」の白黒写真の上には、そう書かれてあった。

「わんわん」

今度は電信柱を見てつぶやいたのではなく、オレに視線を向けながらリノがつぶやいた。

リノの瞳は白黒写真の「わんわん」にも負けないくらい無垢なものだった。

「あかんっ、あかんっ、そんな顔してもあかんて。飼われへんぞ」

はっきり言ってしまおう。こんなコトを、またサトラレてしまえば、大変なコトになってしまうが、オレにとって今のリノは鬼軍曹にしか見えない。いや、実際は鬼よりも怖い。

そこには愛やロマンスなどなく、当然、甘い幻想がつけいるスキすらない。

だけど、こういう時のリノは違う。三人のチビたちと同じ瞳をして、オレを見つめる。思わず抱きしめたくなってしまう。そんな瞳でオレを見つめるのだ。

「マンションやねんから、飼えるわけないやろ。ただでさえ大家のおばはんがうるさいのにムリやてっ」

「なんでっ？　3階の中田さんトコ、マルチーズこうてるやんかあっ！　あれはええの？」

リノは頬を膨らませて唇をとがらせる。オレの記憶が正しければ、出逢ったばかりの彼女は、いつもこういう表情をしてオレを見ていたように思う。今ではすっかり定着してしまった鋭く研ぎ澄まされた声色ではなく、甘くてとろけてしまいそうな耳に優しいものだったような気がする。錯覚であろうか。

「中田んところは大家の親戚かなんかなんやろ。あそこは特別やって、リノ自身がいつもゆうとるがな」

「なんでよっ！　ケチ！　アホ、こうてぇや」

「ダメなものはダメですっ」

「バカチン、オタンコナス！」

「あかんっ！」

駄々をこねるリノをピシャリとはねつけた。そんなオレの袖を引っ張って、リノは地団駄踏んで動こうとしない。あの頃のリノは、いつもこういう表情をしていたように思う。

あの時もそうだった。なぜ遊園地に行って、観覧車に乗ったのかは憶えていない。でも、恋をする二人というのは、理由もなく観覧車に乗るものだ。オレとリノにもそういう時期が確かにあった。

「おいおいっ、勘弁してくれや。かりにもオレは極道……」

「チュウッ！」

オレの声にリノの甘えた声が重なり合った。あと1年もしないうちに、こんなにも甘えた声を出す彼女が鬼軍曹に変貌をとげるなんて、この時のオレにどれだけそのコトを丁寧に説明してやっても、これまた信じようとはしないだろう。女とはまさに恐ろしき生き物である。

観覧車の中で幸せがあふれかえり、沸騰していた。もし幸せをキャンバスに描くコトができたなら、どう描いてもこの二人になってしまうのではないだろうか。オレは照れてとろけてしまいそうになりながら、リノの唇に自分の唇を重ねる口づけを贈った。重なり合った唇をゆっくりひきはなす。閉じた彼女の瞳がゆっくりと開く。観覧車の中の時が、ゆっくりと止まる。

「リノのコト好き？」

「何ゆうとんねんっ。きまっとるやんケッ」

「いや、ちゃんとゆうてっ」

「ちゃんとって、好きにきまっとるやんケッ」

「もっとぉ。もっとちゃんとゆうてっ！」

「好きや、好きや、リノのコトが世界で一番大好きや」

何をやってんだか……。ごちそうさんである。二人のためだけに地球が回っているような、二人のためだけにクリスマスイヴがあるような、そんな幻想を見たとしても、誰も二人を責めるコトはできないだろう。甘いムードにぴったりのラブソングが観覧車の中に流れた。リノがバックの中から、携帯電話を取り出す。

「ママっ！！」

もしかしたら、リノが会話の開始ボタンを押す前に飛び出してきたんじゃなかろうか。

ゴンドラいっぱいにあいのすけの元気な声が響きわたった。

「どこ行ってんのっ？　じゅりも一緒なん？」

オレとリノは見つめ合うと、同時に微笑んだ。はっきりと、そうはっきりと幸せというヤツが目の前にあって、オレは確かにそれを見ていた。

「わんわん」とつぶやくリノの瞳を見て、あの頃の彼女を思い出していた。人間は複雑な現実よりも、過去の思い出にすがりつきながら、生きていこうとする生き物なのだろうか。そして、今日という日も時が積み重なれば、美しく輝く時が来るのだろうか。その時、オレはいったい何をしているのだろうか。

——わんわん

リノの甘えた声が耳に心地良く、いつまでも響いていた。

セルシオから降り立ったオレは、豪邸という形容詞がぴたりとはまる家の前に立っていた。インターフォンを押す。

「はいっ、はい」

声色を少し聞いただけで、おしゃべりが好きそうなコトがわかるおばちゃんの声が、インターフォンから弾き出されてきた。

「さっき電話させてもうた塚口ですけど」

「ああっ、はい、はいっ！　ツカグチさんねえっ。ちょっと待ってくれるぅ。今すぐ開けますからね」

時間にして2分もしないうちに、玄関の扉が開けられた。五十代後半であろうか。中から出てきたおばちゃんは、派手派手しい衣装にメイクを施し、かけているメガネが厭味なくらい金色に輝いていた。化粧の匂いか香水の香りかよくわからないけれど、しばしの間オレはおばちゃんが醸し出す、その「臭い」に圧倒されていた。

「さあさあ、入って入って。大変だったでしょう。アレッ、その車、あなたの？」

何が大変だったのか。もしかしたら、オレの波瀾万丈な人生のコトを言っているのか。オレが乗ってきたセルシオを目敏く認めると、厭味に輝くメガネの奥の瞳までギラリと輝いたような気がした。

「さあ、さあ、さあー！」

おばちゃんの「さあさあさあ」に導かれるまま、オレは「屋敷」の中に入った。通された室内には、わんころに関連する商品がランダムに置かれてあった。部屋の角には、柵でしきられたスペースがあって、その中で4匹のわんころが、無邪気にたわむれていた。

家で飼っていた犬に子供ができたというよりも、要するに、おばちゃんの正体はブリーダーというヤツらしい。まあ、そんなコトはどうでもいいので、あまり深くは気に止めず、オレはわんころの中から、一番活発そうな「ちびすけ」を抱き上げた。おばちゃんいわく生後3ヶ月の子らしい。甘えた声で鳴くちびすけには、ちんちんがついていた。

「このちびにするわ」

さっきからオレが聞いてる聞いていないにかかわらず、喋り続けていたおばちゃんだったが、その饒舌にオレの一言がますます拍車をかけてしまった。

「さぁっすが、つかさんっ！　お目が高い！」

ひとしきり感心してみせるおばちゃんに、オレの中の猜疑心センサーが「何か」を鋭くキャッチした。そもそも初体面の人間を捕まえて、「つかさん」などと馴れ馴れしく呼ぶ奴にろくな輩はいない。それが胡散臭いばばあなら、なおさらだ。オレの中で「おばちゃん」から「ばあさん」に呼び方が微妙に変わった。

「この子はね、そこのカレンダーの写真の子供で、ワールドチャンピオンの血を受けついでいる子なの」

壁に貼られてある犬のカレンダーの写真を指差しながら、講釈を垂れるばあさん。その説明によると、写真の中の父親犬は、なんと2千万からの値がつけられているらしい。確かに写真にうつる父親犬の出で立ちには、素人目にも威厳のようなものが窺われ、2千万円するかどうかは別にしても、王者の貫禄があった。犬コロなぞと軽々しく呼べぬオーラが漂っている。犬コロ様といったところか。

それに対して抱き上げたちびすけは母親似なのであろうか。それとも大器晩成タイプなのか。どちらかというと、犬コロ様というより「おマヌケさん」という感じがしてならない。

「あなたは選ばれし人なんだわさ」

「だわさっ？」

「だって、こんな幸福ありはしないもの。5年に一度、いんや10年に一度出るか出ないかっていわれている血統の子を授かろうとしてるんですもん。こんな幸福、まさに奇跡。そう正にキセキだわさっ」

「だわさっ？」

オレはなぜか、ばあさんの「だわさ」という語尾にだけ、いちいち敏感に反応していた。

「本当の値でいったら、2百万、いんや6百万出しても、手に入れるコトは難しいでしょうし、1千万払っても手に入れたいっていうブリーダーだって存在するはず。これも何かの巡り合わせだわさ。きっと、つかさんとこの子は運命の赤い糸で結ばれていたのよ。10万、いんや8万5千円……。うん、8万5千円でいいだわさ。持ってってってちょうだい」

「へっ？」

　こちらの合いの手すら入れさせない、ばあさんのつけたハウマッチにオレはマヌケな声をこぼしてしまった。

「8万5千円でいいだわさっ、もってけドロボウ」

　ばあさんは8万5千円でいいと言って下さっている。ドロボウだとも言って下さっている。オレはしばしの間キョトンとしてしまった。2千万円のお子さんが8万5千円なのである。1千万円出しても手に入れたいブリーダーがいるというのに、それを一見のオレなんかにタダみたいな値段で譲ってくれるというのである。

　その真実味のなさに立たされれば誰だって一瞬、我を忘れてキョトンとさせられるに違いない。だけど、この時のオレのキョトンも、マヌケな声もそういったものとは少し違った。

「ちょっと待って、おばちゃん。あの貼り紙には、4万5千円から6万円までって出てへんかった？」

　あなたは幸福だの、選ばれしものだのとさんざん持ち上げられた上で、このような「無作法」を口にするのは、ひどく悪い気がしたけれど、オレは遠慮がちに申し出た。

「あーっ、はいはい。4万5千円の子はついさっき出ちゃて、もう8万5千円の子たちしか残っていないの。それでもこの子だけは特別よ。何せこの子は……」

またおばばの独演会が始まった。オレの中で「ばあさん」から「おばば」に呼び方がバージョンアップされ、猜疑心センサーが大きなうなりをあげた。

確かに、おばばの話が全部本当ならば、オレは幸福かもしれない。おばばの話が本当ならば……。

「いらんかったらええんよ。あなたは運命の人じゃなかったみたいだから。さぁ、その抱いてる子を返してちょうだいっ！」

このおばば、さすが交渉術にたけている。押すと見せかけて、さっと引くように突き放すのは、ナニワの商人のテクニックだ。おばばが話せば話すほど、胡散臭さがぬぐい切れなくなっていったので、おばばの言う通り、両手に抱き上げていた、ちびすけを返すコトにした。その瞬間、ちびすけのつぶらな瞳がオレを見た。

このちびすけに今、目の前でおこっているコトがわかるはずなんてないのに、ちびすけはまるで全部理解しているとでもいうような、甘えた悲しげな声で鳴いてみせやがる。オレは舌打ちをうった。

「しゃあないのオ、やっぱこのちびもらうわぁ」

手渡しかけたちびすけを引っ込め、オレは片手で抱き上げるとサイフを取り出した。中

から9枚の万札を抜き取って、おばばに渡した。すると、おばばは摩訶不思議なコトを言い出してきた

「5千円足りないだわさ」

また、だわさだ。躊躇するコトなく言い切るので、思わずこっちが間違っているのかと、5千円を取り出しかけてしまった。

「なんでやねんっ。よう数えてみいやぁ。9万あるやろがっ。5千円足りへんのやなくて、5千円釣りくれんとあかんのとちゃうんか」

おばばはオレの異議申し立てに、この子はまったく何もわかっていないだわさ、とでも言いたげな表情をこしらえ、その理由を丁寧に教えてくだすった。

「この子はね、その辺のペットショップで売っているエサは食べれないし、いけないの。もの凄くデリケートな体質なんで、そんなエサをもし食べさせたりしたら、体調不良をおこしてしまい、大変なコトになってしまうだわさ。でも心配しないでいいだわさ。それは初めだけでいいのっ。慣れれば市販のドッグフードでもかまやしないから」

説いて聞かすような口調で言うと、そのエサ代が1万円かかり、あと5千円足りないというのである。新手の恐喝であろうか。オレは呆れ返りながら、半ばどうでもいいような気分になり、差し出すおばばの魔法使いのような干からびた掌に5千円をのせた。

サイフの中にはもう7千円しか残っていない。おばばはその5千円をフトコロへしまうと、再び手を差し出してきた。

「あと7千円もらえるだわさ」

オレのケツの毛までむしりとろうとしているのだろうか。おばばが言うには、このちびすけは1週間ほど前に風邪を引いてしまったらしい。そりゃ、犬だって腹をくだすコトもあれば、風邪を引くコトもあろう。そんなコトは別段どうでもよい。本題はここからだ。おばばは、その時ちびすけを動物病院に連れていったというのである。そこで風邪を治すために、注射を一本打ってもらったというのだ。それがどうした。

「その時の注射代が7千円かかったの。だから7千円だわさっ」

「はあっ?」

オレは心底呆れ果てた。そしてついに爆発した。

「こらっ、ばばあっ! オノレ、シノギかけんやったら相手見てかけえよ! はばあっ!」

おばばは「ばばあ」という箇所に敏感に反応してみせると、「まぁっ」ともらしながら、不快感をあらわにした。

「ほたら何かいっ。この犬が一週間前に人でも殺しとったら、それもオレの責任なんのかいっ。代わりに懲役行かんといかんのかいっ。弁護士費用出さんといかんのかいっ!」

「懲役って、あなたは何をゆうてるのっ、おばちゃんがゆってるのは……」

「やかましわいっ！　オノレのゆうとるコトは一緒じゃ！　どこの世界に、買う前にかかったか、かかってへんかわからん治療代払う、すっとこどっこいがいとんねんっ。6万5千円までやとか貼り紙に出しといて、いざ来てみたら8万5千円やぬかしたり、エサ代に1万払え言い出した思ったら、今度は7千円払えやとっ！　あんまりアコギなコトしとったら、二度と犬見んのも嫌なるくらい、バラバラにしてまうどっ！」

オレは胸にたまった鬱憤を一気に吐き出した。

「そっ、そんな言い方するんだったら、もう買ってもらわなくてもいいだわさっ。お金も返すから帰ってちょうだいっ」

「オノレはアホか。詐欺かけようとしとって、めくれたから銭返すでは、もう通らんのじゃっ！」

睨み合うオレとおばば……。

「気に入ったぁ！」

何がお気に召したのであろうか。おばばがピシャリと自分の膝を叩いた。

「つかさんのそのストレートな物言い。気に入っただわさっ。もう7千円は、おばちゃんがサービスさせてもらうだわさっ。さあ！　もっていってちょうだい」

まるで大盤振る舞いでもするかの如く、きっぷの良い商売人を演じてみせた。なんだかケムにまかれたようで、拍子抜けしてしまった。

「一つだけ確認させてもらうで。オレはこの通り見たまんまの人間や。自分でゆうのもなんやけど、嫌になるくらいややこしい。しかも、そのややこしいのを売りにしてメシくうてる人種や。それで聞くけど、この犬こうて帰って、後々ガチャガチャするようなコトないやろなっ？」

還暦に届きそうなおばばを相手に、スゴみをきかせるオレもかどうかと思うが、おばばの胡散臭さには思わず、サン（念）をうたずにはおれぬオーラが充満していた。普通のばあさんなら、見るからにヤクザ者とわかるような人間に、このようなコトを言われ、スゴまれでもしたら、震え上がるところなのに、おばばはもちろん違った。

シワシワの掌でコブシをつくると、脂肪がふんだんにブレンドされた胸をドスンと一発叩いてみせた。

「それはおばちゃんの保証つきだわさ。間違いありましぇんっ。これでもおばちゃんは、この業界じゃ、ちょっとは知られたブリーダーなのよ。その辺の胡散臭いブリーダーなんかと一緒にしないで欲しいだわさ。ウソをついたり、人を騙したりしたコトは一度もありましぇん。なんだったら、つかさんには特別に血統書もつけてあげるだわさ」

血統書つきの犬を買いにきたのだから、それを証明する書類がつくのは当たり前じゃないのか。おばばが喋れば喋るほど、胡散臭さが募っていった。オレはもうキレイさっぱり、おばばのコトは、記憶の中から消し去るコトにして、おばば邸をあとにした。

ここから出れば、もう二度とこの屋敷の敷居をまたぐコトも、魔女のようなおばばを思い出すコトもないであろう、と思ったけれど、やはりここから話はもつれにもつれていった。

ウソをついたり、人を騙したりしたコトは一度もない、と豪語してみせたおばばのウソが露出するのに、たいした時間はかからなかった。

オレが家に辿り着くまでには、めくれきってしまった。何もめくる気で、おばばのウソをめくったわけではない。できるコトならば、オレだっておばばのコトは忘れてしまいたかった。ただ、オレはちびすけの首輪やおもちゃといったものを、なけなしの7千円でそろえてやろうと思い、近くのペットショップに立ち寄った。それだけで、おばばのウソがめくれてしまうのだから、なんたるずさんさであろうか。ある意味怖いもの知らずである。

オレはちびすけに、「ちょっと行ってくるから、待っとってなっ。すぐ帰ってくるからなっ」と語りかけ、くーんっと淋し気な声で鳴く、ちびすけを車内に残しペットショップの中へと入った。そこで目に入ったのが、ちびすけと同じシーズー犬と、決してその辺のペットショップでは売っていないとおばばの言う、先程1万円も出して買わされたちびすけのドックフードだった。

特価980円。ご丁寧に値札がつけられてある。

オレは湧き上がる憤怒をぐっとこらえ、見ていないコトにした。もう一度、気分を取り直し、ちびすけと同じシーズー犬でも眺め、気持ちを落ち着かせるコトにした。目の前でスヤスヤと眠るシーズーは、ちびすけよりも一回り小さい。ちびすけは生後3ヶ月と言っていたので、目の前のちっこいのは、生後1ヶ月くらいであろうかと思い、何の気なしにオリの端に貼られてあるプレートに視線を這わせた。そこには目の前のちっこいのに関する詳細が記されてあったのだが、オレはそれを読んでひっくり返りそうになった。

生後1ヶ月ぐらいかと思っていたこのちっこいのが、実はちびすけと同じ生後3ヶ月というのである。気付かないフリをして、やり過ごそうとしていたおばばに対しての疑惑が、再び甦ってきた。猜疑心センサーのスイッチがONになった。

「ちょっと、すいませんっー」

「はいっ」と、すこぶる愛想の良い清楚な感じのするお姉さんに声をかけた。ナンパではない。お姉さんはこのショップの店員さんだ。

「ちょっと聞きたいねんけど、この犬って、ホンマ生後3ヶ月なん?」

「はいっ」と、やはりすこぶる愛想が良い。おっちょこちょいのオイラはそれだけで勘違いしてしまいそうだ。

「特別にこの犬がちっこいとか、もしくは栄養失調とか、そういうコトあるわけないやんなっ？」

もうこの時点でオレは、あまりの怒りにくらくらしていた。

「いえっ、どちらかと言えば、標準より少し大きめです」

ブチッと血管が切れる音が、はっきりと聞こえてきた。それにしても、この店員の娘、いいよな〜と、ドサクサに紛れて、そんなフラチなコトまで思ってしまった。鬼軍曹よ、許してくれ。オレは彼女に、生後3ヶ月という犬をさっき購入してきたのだけど、そのちびが目の前の犬よりはるかに育っているコトを話し、直接ちびすけを見てもらうコトにした。

「半年から7ヶ月くらいじゃないでしょうか。確かなコトは言えませんけど……」

ちびすけを見た彼女の第一声がこれだった。遠慮がちだけど決して3ヶ月というコトはない、とはっきり否定していた。次に血統書を見てもらった。

「これっ、この子のじゃないと思います。ここ見てもらえますか。クリームブラウンってありますよね？」

確かに彼女が指差す箇所には、クリームブラウンと記載されてある。

「これは、この子の色のコトなんですけど、この子よく見るとクリームブラウン一色ではなく、ブラウンとブラックのツートンですよね……」

なんだか彼女は大変申し訳なさそうだった。彼女は気を使い「よく見ると」などという言葉を使ってくれたが、正しくは「よく見ると」ではなく「どう見ても」彼女の言う通り、ちびすけはブラウンとブラックのツートンだ。

血管のすべてがぶちギレる音が、オレの中で鳴り響いた。オレはわなわなと震える手でケイタイ電話を開き、忘れるはずだった番号を叩いた。

「オドレエ、こらぁっ‼」

店内にオレの怒声が響きわたり、ちびすけを両手で抱き抱えている彼女が「キャッ」と5センチほど飛び上がった。

「なっ、なんざますっ、やぶからぼうにっ」

ケイタイからさっき永遠の別れを誓ったおばばの声が、垂れ流れてきた。

「なんざますっと、ちゃうわぃっ！　オドレぇっ！　この血統書、この犬のとちゃうやないかいっ！　おうっ、こらぁ‼」

電話の向こうのおばばを、オレは頭ごなしにかち上げた。

「何言ってるだわさっ。それは正真正銘、その子の血統書よっ！　いったい、そんなデタラメ誰が言ってるのよ！」

デタラメはオメエだろう。平然と言ってのけてくれるおばばにオレはやっぱり呆れ返った。

「誰がゆうとんのとちゃうわいっ。わざわざペットショップまで来て、専門家の人に見てもうとんねんっ。そもそも、こんな子供騙し、専門家に見てもらわんでもわかるやろがあっ‼」

スマン。わかりませんでした。

「なんでクリームブラウンて、血統書に書いとんのに、黒と茶色の二色やねんっ。おちょくっとんのかあっ‼」

「何言ってるだわさっ。その子は大人になるに従って、毛が抜け落ちてブラックとブラウンのツートンになっていくのよぉっ！」

さすが、おばばだ。ヤクザを相手にシノギをかけようとするだけはある。電話口の向こうでひるんでみせるどころか、怒鳴り返してきやがった。

「そんなコトより、その専門家とかいうのそこにいてるのっ！　いるんだったら出すだわさ。こんなデタラメおばちゃんは許しませんよっ！」

おばばはオレに許してくれではなく、許さないと言っている。開いた口が塞がらない、とはまさにこのコトだ。オレは不安そうな表情でちびすけを抱きしめ、コトの成り行きを見守っていた彼女にケイタイ電話を差し出した。その顔にはありありと「いらぬコトをゆうでなかった……」と書いてある。可愛そうなくらい消え入りそうな声で、電話口へと出た彼女に、おばばは、ヒステリックな声で詰め寄った。

断片的にしかおばばの声は聞こえないが、ＤＮＡ鑑定をしたのかとか、裁判してやるとか、家はどこだとか、そんなコトを言ってやがる。

彼女はとても良い人なのだろう。しどろもどろになりながらも懸命に誠意をもって説明しようとしていた。言うまでもない。おばばにそんな声は届きやしない。本当に短い付き合いだが、そのコトは誰よりもオレがよく知っている。オレは彼女に、もういい、という感じで首を振り、ケイタイ電話を受け取ると、店外へと出た。

電話の相手が彼女からオレに代わったコトに気付いていないおばばは、相変わらず、名を名乗れだの、ケイサツに訴えてやるだの、営業妨害だのとわけのわからないコトを言っている。

「おいっ」

オレはおばばのトチ狂ったマシンガントークを制した。

「おばはんっ。それでもええのやな。最後に聞いたるけど、ホンマにそれでええのやな」

「なっ、なにがざます。おばちゃんは何もやましいコトなんて、してないだわさ。そんなに信用できないならDNA鑑定でも……」

「おばはん、オレはもうそんな話しとんのとちゃうねん。ホンマにええのかって聞いとんねん」

オレはおばばの話を遮り、同じ言葉を繰り返した。

「だっ、だから、何がざますっ」

じわりじわりとおばばの威勢が、萎みかけていくのがわかった。

「別にオレは実際、こんなもんどうでもええねん。オレだって、食うためにシノギかけるコトだってあるし、人をだまくらかすコトだってある。そこはお互い様や。おばはんもそれをシノギとしてやっててんのやったら、何もオレは責め立てて、吊し上げたろうなんて思ってへんねん。ただな、おばはんがいつまで経っても、そういう態度やったらこの話はいくところまでいかな終わらんようになるぞ、ゆうとんねん。ごめんなさいで今やったら笑って済む話が済まんようになるぞ、ゆうとんねん。それでもホンマにええんやなって、オレは聞いとんねん」

オレはたんたんとした口調で、じわりじわり詰め寄ると、おばばに考える間を与え、こう言葉を繋いだ。

「今やったら、今やったらまだ間に合う。おばはんが頭下げて謝りでもしてくれたら、あっはははって笑ってそれでしまいや。今やったらまだ間に合うぞ。それともやっぱりＤＮＡ鑑定せな気が済まんかっ？」

「ホンマにまだ間に合う？」

さっきまでの声色とはあきらかに違う、おばばの心細げな声。

「おうっ、まだ間に合うぞっ。おばはんがごめんゆうて謝ったら、犬返して、金を返してもうて、それでしまいや。チャンチャンや。なーんも難しいコトは一つもない」

「ごめんだわさ、つかさん。本当にごめんだわさっ。でも聞いて欲しいだわさ。おばちゃんは何も騙したりなんかしてないし、なんだったらＤＮＡ……」

この期に及んで、まだダラダラと往生際の悪いコトをぬかそうとしやがる、おばばの言葉をかき消した。

「おばはんよっ。すんませんだけでええんとちゃうんかいっ。またそんなコトゆうたら、くくれる話もくくれんようになるゆうのが、まだわからんか」

「はいっすいませんだわさ……」

オレはおばばの謝罪を「気持ち良く」受け入れ、すぐにちびすけを返しに行く旨を伝え、電話を切った。彼女はやはり良い人なのだろう。彼女コト店員さんは胸のちびすけをギュッと抱きしめたまま、さっきと同じ場所に立っていた。

「お姉さん、ごめんやでぇ」

ちびすけを彼女の手から受け取りながら、頭をさげた。

「名前なんちゅうの？」

「えっ⁉　あたしですか……えみです」

「えみちゃんか、ええ名前やがな、不躾けで悪いけど、なんかケーキでも食べて、気分直してやっ」

戸惑う彼女の掌に無理矢理なけなしの虎の子の5千円を押し付けると、ちびすけとともにペットショップをあとにしたのだった。

さて、我輩はヤクザである。

家の近所で路上駐車してある車にセルシオをぶち当て「おい、こらっ。あほんだら！どこ停めくさっとんねん！」とかまし上げて、たらふく修理代をふんだくったりする、ろくでなしである。キャバクラへと出かけ、延長してもらう時だけ急に接客態度が良くなるネーちゃんに腹を立て、店長もろともカマシ上げたあげく、飲み代を次の分まで「ロハ」にしてしまうタイプの人でなしである。人はそんなオレをオタンコナスと呼ぶ程だ。

おばば邸へと急ぐ車内でオレの胸は踊っていた。どう調理してやろうかと、一人ほくそ笑んでいた。あの豪邸から察して、あのおばばかなりアコギなやり方でため込んでいるに違いない。オレがいくらオタンコナスとはいえ実母と変わらぬ年齢の女性から金を巻き上げるのは、さすがに良心が痛む。だけどおばばは違う。あれは、ばばあの皮を被った、どちらかというとこちら側の住人だ。金どころか、あの豪邸を取り上げたところで、良心は痛まない。サイフの中の2千円が帰りには、いくらになっているか想像すると心はすこぶるはずんだ。骨のずいまでしゃぶり倒してやろう。

「短い間やったけど、達者でやれよっ」

オレは膝の上でスヤスヤと眠るちびすけの頭を撫でた。ちびすけはまるで安心しきったように、眠り続けていた。この時のオレはおばばのような、欲にまみれた顔をしていたに違いない。

「ねえ、どうしたのっ、どうしたのっ、どうしたの！」

あいのすけは興奮した表情で、どうしたのを繰り返して、玄関からリビングへと駆けていった。

「ぶうすけっ！　たいへんやっ！　たいへんやっ！　じゅりが犬持って帰ってきたぁ！

犬持って帰ってきたあっ！！」

大騒ぎのあいのすけがお兄ちゃんのりゅうのすけへと報告している。

「うっそおっ⁉」

それに答えたりゅうのすけの声が聞こえてくる。オレはちびすけを抱いたまま、リビングへと入った。

「ただいまっ」

「うおぉ！　ホンマやっ」

「なっ、なっ、ゆうたやろっ！　なっ、なっ、ゆうたやろ！」

りゅうのすけもあいのすけも瞳をキランキランに輝かせて、小さな胸を興奮させていた。

「かわいっ」

そしてもう一人。よく見れば、鬼軍曹も……失礼、リノもちびたちと同じ瞳をしていた。

「なあっ樹里、この犬どうすんのぉ？」

「あいも抱っこしたいっ！　あいも抱っこしたいっ‼」

いきなりの大歓迎を受けたちびすけは、オレの腕の中で小さく震え、「くーんっ」と頼りな気な声をもらした。両手いっぱい広げるあいのすけにちびすけを手渡した。ちびすけを抱くあいのすけの顔も、あいのすけに抱かれたちびすけの頭を撫でるりゅうのすけの顔も、そしてそれを見守るリノの顔も、見ているこっちが嬉しくなってしまうほど、幸せそうだった。やはり、ちびすけを連れてかえってきて正解だった。本当はちびすけを返して、代わりにおばばから、金をぐっすらとふんだくるつもりだった。

それが膝の上でスヤスヤ眠るちびすけを見ているうちに、気が変わってしまった。オレがおばばの屋敷に到着した時には、おばばは紙きれとボールペンを握りしめ屋敷の前に立ちすくみ、えらく似合わぬ顔で、オレを迎えてくれた。抜け目ないおばばのコトだ。手に持つ紙きれに、オレの車のナンバーでも控えるつもりでいたのだろう。もちろん、そんなコトは心配なかった。セルシオは正真正銘、オレのものだったけれど、車の名義人はオレではない。ナンバープレートから名義人を割り出したところで、オレに辿り着くコトは、まず不可能のようにできている。もっとも、そんな心配するようなコトをオレはする気なかった。

ちびすけを連れてかえると決めた以上、話は10分とかからなかった。いったんオレは儀式として、おばばにちびすけを返し、さっき支払った9万5千円を受け取った。

神妙な顔をしているとはいえ、そこはなにわの商売人。間髪いれずドックフードも返してくれという。ペットショップに行けば980円で売られているものを、また1万円でさばく気なのであろう。まったく懲りないおばばである。

「おばちゃん」

オレはおばばの訴えを一切ムシして語りきかせるように、ゆっくりと話し始めた。

「さっきも電話でゆうたように、おばちゃんにはちゃんと頭下げてもうたし、金もちゃんとこうして返してもうたから今回のコトはこれでもうええ」

おばばは、神妙な顔でうなづいている。

「でもな、おばちゃん。オレは困ったコトにおしゃべりやねん」

おばばは最初、オレの言わんとしてるコトの意味を掴みかねている様子で、ただ海千山千の直感だけで警戒心をあらわにした。

「今日あったコト。つまりおばちゃんという人間に出会ったコト。犬を買おうとしたけど、買えなかった経緯。おばちゃんとの会話のやりとり。もっと言えば家が大きかったコト、おばちゃんが右手の薬指にはめてる指輪のダイヤモンドの大きさまで、ぜーんぶ喋ってしまうと思うねん。しかも、何度も。何人にでもな。オレはホンマにええねんで、男に二言ないからな。でも、それを聞いたオレの友人、知人、他人がどうするかまでは保証できへんねん。それを思うとなんやしらんけど、おばちゃんのコトが心配なってきてな。またオレは困ったコトにややこしい友達が多いねん。だから、おばちゃんのコト紹介してくれなんて言われたら、よう断り切れるかどうかわからへんわけよっ。ホンマ困ったコトに……」

ここへきて、さすがのおばばも初めて演技ではなく、本気で顔色を変えた。

「つかさん……それはちょっと殺生やわ。もうおばちゃんもこんな年やし、あんまり年寄りイジメんといてよだわさっ」

「何ゆうてんねんな。オレがおばちゃんをイジメたりするかいなっ。オレはあくまでおばちゃんのコトが心配やから、忠告したってるだけやんか。オレはイジメへんけど、オレの友達がおばちゃんを泣かしにくるかもしれへんよってな、だわさっ」

おばばは、顔色を失った。そして、失われた顔には、こう書かれてあった。「かかわるんじゃなかった」と。

「でもな、おばちゃん。もしやで、もしおばちゃんがそのちびすけをオレにプレゼントしてくれるゆうんやったら、話は変わるかもしれへんわな。そりゃ、そうやん。1千万はする犬をただでプレゼントしてくれんのやから、感謝するコトはあっても、恨むコトはないわな。多分、今日おばちゃんと逢ったコトすら忘れてまうかもしれんな」

「もってって、ちょうだい‼」

早かった。おばちゃんの反応はすこぶる早かった。

「その代わり、つかさん。今日のコトは誰にも喋らないって約束して欲しいだわさ。お願いだわさっ」

「まかせとかんかいな、このつかさんっ、口がカタイて有名やねん。墓場までもってたる」

そのあとも、多少のすったもんだがありはしたものの、それもすぐに解決し、今度こそ本当に永遠の別れを告げるコトに成功したのだった。多少のすったもんだとは、まずドックフード代だけは払ってくれとおばばが言い出したコトだ。もっともだ。2千万円するわけはなかろうが、その血をひいたかどうかもわからんが、ちびすけをただでプレゼントしてもらうのだ。「980円」くらいは、払ってやらねば罰があたるってもんだ。あえて、おばばにその値段をたずねてみた。おばばは答えた。1万円と。ここまで徹底してくれれば、ある意味、気持ちよい。騙されたフリをして1万円くらい払ってやろうかと思ったけれど、やっぱりやめておいた。

「あんな、おばちゃん。あとくされないようキレイな話で終わろ、ゆうとんのやでっ。それに水さすんかいなっ」

おばばは顔をくしゃくしゃにさせ、「気持ち良く」ドックフード代もロハにしてくれた。これで終わりかと思ったら、今度は血統書を返してくれと言う。やはり、ちびすけのものではなかったのではないか。そんなコトはわかっていたけれども。また、これで誰かをだまくらかす気なのだろう。老後のためにも、悪さができぬよう、没収しておこうかと思ったけれど、これもおばばのシノギのうちだ。オレが口を差し挟むコトではない。こころよく了承し、返してやるコトにした。だけど次の申し出だけは、即座にきっぱりと断った。どういう魂胆か。おばばはオレにケイタイ番号を教えて欲しいというのである。オレは日頃の素行の悪さから、初めての相手。もしくは、あまり親しくない相手に自分名義のケイタイを使って電話する場合、必ず非通知でかけるコトにしている。もちろん、おばばには、終始一貫、非通知でかけていた。

おばばは、何を血迷って、そんなコトを言い出したかよくわからないけれど、こんなオレなんかとかかわって、ろくなコトがあるはずがない。オレにしたって、こんなおばばとかかわっても、メリットはない。これ以上の関係は二人のためにも好ましくない。オレはおばばの要望を丁寧に辞退した。

そしてオレはちびすけを抱え、我が家へと帰ってきたのだった。

「もう名前は決まってるの？」

普段は一番やんちゃでわんぱくなあいのすけだけど、こういう時の彼は、リノ同様に抱きしめてやりたくなるほど、かわいらしくあったりする。

オレは少し考えたあと、「ラブ」と答えた。

「ラブぅ？　へんなのぉ！」

「なんでラブよっ。この子、男の子でしょう？　あかんよ。そうやっ、キットなんてどうかなっ」

多分リノは電信柱に貼られてあった、おばば発行のチラシを見た時から来たるべき日にそなえ、ちびすけの名前をキットにしようと考えていたに違いない。

リノとあいのすけの強い反発にあい、「ラブ」という名は即座に却下されてしまった。オレがおばばから恐喝してきたというのに……。

「ぼくはダイサクがいいと思うな」

りゅうのすけがぼそりとつぶやいた。

「なんでダイサクやねんっ。おまえ、あほちゃうかぁっ！」

オレが言ったのではない。弟のあいのすけが兄のりゅうのすけに言ったのだ。

「うるさいわッ、もう向こういって、はよ寝ろ！」

「お前が向こういけ‼」

今にも仁義なき戦いが勃発しそうな二人に、ママの雷が落ちた。

「いいかげんにしなさいっ！　りゅう！　あんたお兄ちゃんでしょ、なんであいにそんな言い方すんのっ！」

「だって……」

ママに怒られたりゅうのすけは今にもベソをかきそうになった。

「ぶうすけ？　あほや」

「あいっ！　あんたが一番悪いんでしょう！　お兄ちゃんに謝りなさいっ」

「うるさい！　お前が謝れ」

なんで、リノがりゅうのすけに謝らなくてはいけないのか。その意味は、あいのすけにしかわからないところだが、リノがいくら怒っても、あいのすけはいつだってどこ吹く風だ。

「お前って、あいっ！　あんた誰にゆうてんのぉ！　塚口も笑ってないで、あいに怒ってよっ。だいたい塚口があいのすけに甘いから、この子が調子のるんでしょう」

気が付けば、怒りの矛先がオレに向けられていた。その時だった。とらのすけが派手な音をたてて、自室から姿を見せた。

「うるさいねんっ」

とらのすけの一言にみんな黙りこくってしまった。あいのすけでさえ、4つ離れたとらのすけのコトは怖いらしく、借りてきた猫のように、しゅんとしてしまった。

そんな中で、ちびすけだけが甘えた声を出しながら、とらのすけの足元にじゃれついていった。とらのすけは、ほんのちょっとだけ足元のちびすけを見おろしたあと、またすぐに背を向け、自室へと入っていった。でも、その時にとらのすけは耳を澄ましていないと聞きもらしてしまいそうな小さな声で、こうつぶやいたのだった。

「ラブでええんとちゃうんっ」

平成5年9月

夏といえば、やはり7月や8月がメインであろう。だけど、オレは9月も充分、夏と呼べるのではないかと思う。この年の9月もメインの夏顔負けの暑さが続いていた。

幸せな時間というのは案外、その時には気付かないものかもしれない。通り過ぎて、長い時間を経て、歩いた道を振り返った時に「ああ、あの頃は幸せだったな」と、気がつくものだ。でも、オレはこの時、確かに気付いていた。今、自分が幸せな時間のど真ん中に立っているコトを……。

臆病なオレはいつだって、すぐに不安になってしまう。嫌なコト。たとえば、ちょっとでも不幸なコトが続くと、このまま一生良いコトなんて起こらないんじゃないかと、思考がすべて後ろ向きになってしまう。逆の場合だってそうだ。良いコトが続いて、その幸福に気付いてしまうと、突如としておそろしくなってしまう。その幸福が崩壊してしまうんじゃないかと、怖くて怖くて仕方なくなってしまうのだ。そして、怖さのあまり、その幸福を自らの手で破滅してしまうコトだってある。幸せになれば落ち着かないし、だからといって不幸であれば、落ち着くわけではない。いつも不安が心の中に住み着いていて、それはぬぐってもぬぐいきれないものだった。

だけど、この時だけは違った。見るもの、聞くもの、触れるものすべてが輝やいていて、不安なんてどこにも見当たらなかった。樹愛とだったら、どんな奇跡でも巻き起こせそうな、そんな気がしていた。地球で一番、二人が輝いている。そう感じていた。

想いをとげた七夕祭りから、樹愛はオレの彼女になった。今までとは違う仕草、今までとは違う声、初めて見せる表情。愛の言葉を語らずとも、そんな一つ一つにオレはドキドキさせられていた。

未来のコトなんて何もわからなかったけれど、もしこのまま樹愛と結婚して、二人の間に子供が生まれ、同じ時間を樹愛とともに歩いていくコトができたなら、オレはもう他に何も神様に望みはしないと思う。そんなコトを17歳の胸の中で漠然と夢見ていた。

「なーんもないねっ」

樹愛は六畳一間の部屋を見回しながら、微笑んだ。嬉しそうに樹愛が微笑むので、オレも「なーんもないなっ」と笑って答えた。借りたての部屋の中には、風呂はもちろん、冷蔵庫もテレビすらなかった。あるのはCDラジカセと何本かのカセットテープ。それにボストンバッグが2つだけだった。

だけど目には見えないものが部屋の至るところで輝いていた。大人になれば、ハナで笑ってしまうような青くさいものだけど、あえて言葉にすれば愛とか夢とか未来なんてものになる。そんなものがこの部屋の中には、ぎっちりと詰まってあった。

なーんにもなかったけれど、なーんにもいらなかった。何よりも大切なものは、ちゃんと掌の中にあったし、樹愛がいてくれたらそれだけでよかった。

「あっ、これ、あれやん。アタシが中学ン時、じっちゃんにあげたテープちゃうん。懐かしいっ。まだもっとったんやぁ」

樹愛は床に転がっていた一本のカセットテープを手にとって驚いてみせた。そのテープには「樹愛のベスト」と書かれてあった。テープが伸びてしまうまで、繰り返し何度も聴いた。どれだけ離れていても、このテープを聴けば、樹愛とどこかで繋がっている気がしていた。こうして一緒に暮らすまで、唯一オレと樹愛を繋げてくれていたのが、樹愛がくれたこのカセットテープだった。オレにとっての宝物。樹愛がラジカセにカセットテープを差し込み、スタートボタンを押した。何もない部屋にまた一つ愛が加わった。

「なぁ樹愛、なんであの時オレに喋りかけてきたん?」

まさか、あんたもオレのコト好きだったとかーー。オレはずっと今まで心にしまっていたコトを一つ取り出し、言葉に出して樹愛に確かめてみた。恋する乙女はささいなコト。本当に小さなでき事を大切にして、心の中にしまっている。たとえば、それは初めて視線があった瞬間とか。初めてかわした会話とか。愛している人が初めてくれた愛のサインとか。相手が忘れてしまったり、気にもとめていないコトを大切に覚えていたりする。

「あの時って?」

流れるラブソングに合わせて、口ずさんでいた樹愛は、キョトンとした顔をオレに向けた。

「ほら、あれやん。初めてオレに喋りかけてきた時、渡り廊下で。あんた樹里やろう、アタシも樹木の樹っていう字に愛って書いてとか、なんとかゆうて喋りかけてきたやん」

「ああっ、中三の時ねっ」

中二だよ。心の中で突っ込んだ。

「それがどしたんっ?」

「だから、なんであん時いきなり喋りかけてきたんかな、思ってな」

キョトンとさせていた顔を一層キョトンとさせた樹愛は、

「別にたいした理由とかなかったんちゃうかな。なんとなくゆうか、気まぐれやったんちゃうん。あんま覚えてへんわ」

と、答えてくれ、またしばらくすると、歌の世界へ戻っていった。メロディに合わせて口ずさむ樹愛を見ていると、どうも照れ隠しで「気まぐれ」などと、取り繕って見せたのではなく、本当に「何となく」だったのねと察するコトができた。

思い出をすぐに自分の都合の良いように美化させてしまうクセのあるオレは、樹愛の悪気ない本音を聞き、がっかりしてしまった。恋する乙女は小さなコトにでも傷ついてしまうのである。

「ちょっと、なんかじっちゃん、ヘコんでない？」

「ヘコんでへんわ。なんで理由もないのに、ヘコまなあかんねん」

「今度はなんか怒ってるし。ヘンなじっちゃん」

樹愛といると、ささいなコトでヘコんだり、ささいなコトで飛び上がったり、オレは忙しかった。樹愛と二人でいられる、それだけで幸せだった。七夕に結ばれた恋は、２ヶ月の時を得て、オレたちを一つ屋根の下へと導いてくれた。

平成20年11月24日

前略
最後の手紙になります。

ごめんなさい。もう塚口のコト、待つコトができなくなってしまいました。嫌いになったとか、そんなんじゃないです。塚口は今までリノが出逢った人たちの中で、一番良くしてくれたし、誰よりも子供たちのコトを考えてくれた。本当に感謝しています。

でも、正直言うと、リノ自身の気持ちが愛情なのか、ただの情なのか、わからなくなってしまいました。こんな気持ちで塚口を待つのは失礼だし、リノにはもう塚口を待つ資格なんてないんじゃないかって思い始めていました。男ができたとか、好きな人ができたとか、そんなんじゃないコトだけは信じて下さい。

あと1年ちょっと塚口を待っていれば、誰よりも幸せにしてもらえるコトはわかっている。リノのコトも子供たちのコトも大切にしてくれるのはわかっている。だけど、こんな気持ちではもう待てない。塚口にはリノなんかよりもっと相応しい人がいると思う。
わかって下さい。
今まで本当にありがとう。
身体には気をつけて、頑張って下さい。
さようなら。

ＰＳ．　勝手なコトばっかり言ってごめんなさい。

担当から手紙を受けとった時に、なんだか嫌な予感があったけれど、やはりそれは別れの手紙だった。オレは泣くのかなって思ったけれど、二度読み終わった後、涙をこぼすコトなく、こうして日記をつけている。それは、はっきり言って出所すれば、リノと別れてやろうと思っていた。愛している、なんて言葉より、憎んでいる、という言葉のほうが適切だった。なのに、なんでやねん。胸がはちきれそうなんは……。「じゅり！」て、呼ぶちびたちの顔が一人一人浮かんできて、オレの胸をぎゅっとわしづかみにして苦しめる。
いつかこの日がやってくる覚悟はしていた。それに気付かないフリして生きてきたのかもしれない。それにしても辛いよな。別れというのは本当に辛いよな。打たれ弱いこのオレに、乗り越えるコトなんて本当にできるんだろうか。それほど辛い。

「ワシにはなんもでけへんけど、せめてこれでも食って元気つけてえや、つかぐっちゃん」と、同室のしんちゃんが、夕食に出た副食の栗きんとんをくれた。それどころではなかったけれど、その優しさにしんみりしてしまい、栗きんとんの甘さすら覚えていない。

忘れたはずだった、こんな気持ち。心の中にぽっかりと穴があいてしまった。やっぱり今日、オレは泣くだろうな。情けないけど、布団の中にもぐり込んで、消灯後、声も上げずに泣いてしまうんだろうな。これも修行のうちかって、バカヤロウ。こんな修行したコトあるかい！　幸せなれよ！　なんてクサいコト、オレは絶対ゆうたらへんからな！　絶対に、絶対にゆうたらへんからな！

平成22年11月

その男のウワサを聞いたのは、事務所でテレビを観ている時だった。やくざが事務所でテレビをボケーッと観ていられるのだから、日本という国はよっぽど平和なのだろう。

「カシラ、聞いたか？」

本部長の堂島がそんなオレに喋りかけてきた。

「何をでんねん？」

「山神んトコの話やがなっ」

山神とはウチの本部と親戚関係にある組織で、構成員５００人を超えるこの街最大の組織だった。山神の親分が高齢を理由に、先頃、後進に道を譲るという話は、オレも小耳にはさんでいた。

「二代目の話でっか。確か、あそこのカシラは片桐ゆうんとちゃいまんの。アゴひげはやした、カラダのごっつい、アレがとりまんのやろ」

「それが違うんや。ワシが山神組にいてる兄弟分から聞いた話やと、あそこの実子いとるやろ。どうも、その実子がとるらしいど」

「ホンマでっか？」

驚いた。山神の実子のコトはよく知っている。向こうはハナにもかけていないかもしれないが、こちらはよく知っている。齢はオレと変わらない。この街で少しでも不良をかじってきた者で、山神の実子のコトを知らない者はいないだろう。モグリでさえ知っている。良く思っていない者は、親の七光りと嫉妬ややっかみを込めて言うであろうし、特にオレの場合は因縁浅からぬ相手だった。

口をきいたコトはない。幾度か逢ったコトはあるが、相手にされたコトすらない。オレとは見ている世界が違った。山神は十代の頃、この街の悪ガキどもの頂点に君臨し、すべての悪ガキを見下ろしていた。ケンカが強いとか、根性があるとか、そんなものでは太刀打ちできないものを生まれもって手にしている者の強さである。マンガやドラマじゃないのだ。そんな者にかなうはずがない。同世代の不良とはいえ、次元が違い過ぎてライバル心もなかった。オレとは生きてる世界が違う人間、そういう風に山神を見ていた。ある時期までは……。ある時期からオレは山神のコトを強く意識し出した。理由は樹愛にあった。樹愛が山神の女になったからだった。

「ホンマのホンマやがな。なんでも今、山神組は上へ下への大騒ぎらしいど。もしかしたら割れるんとちゃうか、ゆうもんまでおるらしいからの」

樹愛が選んだ男だ。それなりの「人物」なのであろう。それでも５００を超える大所帯だ。親分と呼ばれるクラスはゴロゴロといる。堂島の言う通り割れてもおかしくはないだろう。オレはそんなコトを思いながら、樹愛のコトを考えていた。

あの日偶然、樹愛と再会して以来、その後一度も逢っていない。何度かまた逢えるんじゃないだろうかと思って、樹愛と再会したコンビニに出かけてみたけれど、再びの邂逅を果たせるコトはなかった。樹愛は今、何を考えているのだろうか。山神の隣で、どういう景色を見ているのだろうか。あの日、オレは山神の話を聞く必要がないと思った。それだけ樹愛は幸せそうだった。山神に大事にされているからこそ、あんないい笑顔で笑うコトができたのだろう。樹愛が５００人からのヤクザの親分の姐さんになるかもしれないのか。オレには到底、叶いそうもない。

「はてさて、どうなるもんかの。当分、山神から目が離されへんでぇ」

堂島の声をうわの空で聞いていた。

平成5年11月

「さて、じっちゃんに樹愛から出題です。11月24日はいったいなんの日でしょうか？　チッコ、チッコ、チッコ」

前もってわざわざ樹愛に出題してもらわなくても、そんなコトは5年も前からとうに知っていた。

「なんやねん、大型ゴミの日か？」

「なんでゴミの日やねん！　あほとちゃう。樹愛のハッピーバースデーやんか！」

「あっ、ゆうなやぁ！　せっかく知らんフリして、いきなり驚かすプロジェクトやったのに」

何気ない会話のすべてに愛があった。普段だったら、バカバカしくて、照れ臭い「アイラブユー」なんて言葉でさえ、今なら樹愛のために言うコトも歌ってやるコトもできそうだった。ワケがわからないくらい幸せだった。

何もない部屋に一つずつ物が増えていき、その増えた物の分だけ、二人の距離が縮まっていった。オレは樹愛に、樹愛の知らないオレの話をいっぱい話した。オレのコトをもっともっとわかってもらいたくて、いっぱい話をした。

樹愛はそんなオレの話をいつも微笑みながら、聞いてくれていた。なんだか母のようだった。オレはなんだか子供のようだった。どれだけ話をしても、話したいコトはいくらでもあった。樹愛は自分のペースでゆっくりと自分の話をしてくれた。好きな歌や色、好きな言葉や場所、そして好きな花。オレのペースは速過ぎて、樹愛のペースはゆっくりだった。それが二人のリズムだった。

「よこ、座ろっと」

買ったばかりのこたつの真正面に座って、みかんをむいていた樹愛が、オレの陣地へと割り込んできた。

「あったかっ」

オレに寄り添いながら、つぶやく樹愛。今なら、なんでもできそうだった。なんにでも立ち向かっていけそうだった。樹愛にしてあげられるコトをいつも考えていた。たとえ小さなコトでもそれが叶えば嬉しかった。

「あーっ、なんだか樹愛は世界に一つしかないアイスクリームが食べたくなってきたぞぉ」

そう言われれば、日本中を、いや、世界中をかけ回ったとしても、そのアイスクリームを捜し出してみせようとしただろう。

「楽しみやな、じっちゃん何くれんのかな。でも、あんましお金持ちじゃないからな。何かな～。おいっ、塚口くん。もう樹愛にあげるプレゼントは決まっておるのかね？」

「知りません」

オレはぴしゃりと樹愛を跳ねつけた。

「あっ、じっちゃんのいじわる。いいやんか！　ちょっとぐらいっ！　なぁ、いじわるしやんと、教ええよっ。なあ！」

「だめです」

「ケチ！　塚口のケチッ」

そう言いながらボコスカと殴りかかってくる。

「こら、やめろっ」

ブンブンと振り回す樹愛の両手を掴んだ。一瞬、時が止まり、戸惑うように見つめ合う。

樹愛はゆっくりと瞳を閉じた。オレは優しく樹愛の唇を奪った。流しっぱなしのラジカセからは、あの曲が流れていた。

振り返って、いつも思うコトがある。オレがあの時いた場所こそが、ずっと捜し求めていたもので、そして今なお捜し求めている幸せだったのだと。

オレはどろどろの作業着のままで、デパートの宝石売り場に立っていた。何も強盗でもしてこましたろかいっとたくらんでいるのではない。もちろんズボンの後ろポケットには、無造作に突っ込まれた出刃包丁など入っていない。入っているのは、流した汗と泥にまみれた金だけだ。

「おばちゃん、コレちょうだい」

ショーウィンドウの中で輝くネックレスをオレは指さした。一瞬、おばちゃんという言葉に、険しい顔色をにじませた、推定30過ぎの女性店員は、ひきつった営業スマイルを貼りつけながら、

「こちらでございますね、少々お待ち下さい」

と、作り声で愛想良く答えてくれた。樹愛の18回目のバースデー。泥まみれになるまで働いて貯めた金で、樹愛に贈るプレゼントだ。中学を卒業してこのかた、自慢じゃないが、汗水を流すどころか働いたコトがないぐうたらが、樹愛と暮らし始めて3ヶ月、真面目な「勤め人」にヘンシンしていた。仕事に生き甲斐を見つけてしまったとか、やり甲斐を感じてしまったとか、ウソ過ぎて口にするコトは、はばかられたが、愛は確実にオレを更生させていた。働き疲れ明日こそ休んでやると毎日、思いながら家路へと着くのだが、

「お疲れ様！」

と樹愛に笑顔で迎えられると、思わず「行ってまいります！」と、そのまま夜勤にでも飛び出してしまいそうな勢いがこの時のオレにはあった。人生で真面目に働いたのは、あとにも先にもこの時期しかなかった。樹愛は見事にオレを変えてくれた。樹愛と暮らし始めるまでのオレのビジネス（と言えるかどうかは別にして）といえば、母の財布から金をガメるか、姉の貯金通帳から、姉がコツコツ貯めたバイト代を引き出すくらいしかなかった。まったくの不景気だった。そんなオレが3ヶ月休まず働き、その働いた銭で好きな女の誕生日にプレゼントを買おうというのだ。胸くらい張ってもよかろう。樹愛じゃなくとも思わず惚れてしまいそうだ。

オレは推定30過ぎの店員から、プレゼント用に包装されたネックレスを受けとった。真っ赤なリボンがつけられていて、思わず照れくさくなる。

デパートからアパートまでの帰り道、プレゼントを渡すのはオレなのに、まるでプレゼントをもらうような顔をしていたと思う。それくらい嬉しくて仕方なかった。

「ただい……うわぁ」

アパートのドアを開けたと同時に、樹愛が抱きついてきた。

「おかえりいっ」

「あかんって、服汚れるがな、ドロドロやのに」

「いいの。ちょっとだけ、このままこうしとって。ギュッとしながら、こうしとって」

オレだけに見せてくれる表情。オレだけに聞かせてくれる声。オレは18歳になったばかりの樹愛を力いっぱい抱きしめた。

「あぁ、何か持ってるぅ」

抱きしめて、ギュッとしたせいで、服の中に隠していたプレゼントに気付かれてしまった。

「いやん、ちょっとなによ。触らないでよ、もう！」

樹愛が言ったのではない。オレがボディーチェックをしようとする樹愛に言ったのだ。隠し持っているネックレスを樹愛が奪い取ろうとするので、オレは身をよじって抵抗した。

「何もホンマ持ってへんて。それよりメシにしようや！」

「いや！　いやっ！　見せてえやっ」

駄々っ子のように地団駄踏んで、樹愛は頬を膨らませた。

「なんやねんっ。そんな顔して見やんとってくれやぁっ。わかった、わかった、しゃあないな」

ちょっとスネたような上目づかいで、樹愛に言われてしまうと、オレはどんな言うコトだってきいてしまうだろう。本当はもうちょっとカッコイイ台詞とともに手渡したかったのだけど、観念して作業服の下から、プレゼントを取り出した。

「3ヶ月間、休まんと働いた金で樹愛のために買うたねん。自分の働いた金で、初めて買うたプレゼントやから、パクりもんちゃうし、安心して受け取ってくれ」

プレゼントを受け取った樹愛の瞳は輝いていた。ほんのさっきまでスネていたかと思えば、もう樹愛は笑っている。表情は子猫の瞳みたいにころころと変わった。

「嬉しいっ、おぼえててくれたんやあ」

「しらこいわ！　昨日からプレゼント、プレゼントって200回以上はゆぅとったやろうが」

「うわぁ、嬉しいな。開けてええ？」

オレの話なんて、てんで聞いていない。

「ホンマかなわんのぉ。ええよ」

オレはなんだかおかしくなってきて、「エッへへ、なんやろな」と言いながら、キレイな指先で丁寧に開封する樹愛を見て、笑っていた。

「あっ！　ネックレスやん！　3ヶ月間休まんと働いた金で買うたねん。自分の働いた金で初めて買うたプレゼントやから、パクりもんちゃうし、安心して受け取ってくれっbyつかぐちじゅり。つけて！　つけて！」

　樹愛は、はしゃぎながら、オレの物真似をすると、くるっと回転して背中を向けて、セミロングのソバージュをかき上げた。オレは樹愛からネックレスを受け取ると、慣れない手つきでフックをかけた。

「いいやろう！」

　首に巻いたばかりのネックレスを見せびらかす樹愛。

「ええのおっ、誰に買うてもうたねん？」

「デヘヘヘッ、いいでしょう。彼氏に買うてもうたねん！　じっちゃん、だぁーいスキ！」

　樹愛が飛びつくように抱きついてきたので、思わずひっくり返りそうになりながら受け止めた。

　永遠に続くと思っていた。年を重ねた者から見れば、「ママゴト」と笑われてしまうかもしれないけれど、この暮らしが明日も明後日も、永遠に続いていくと信じていた。樹愛と見たい景色。行きたい場所。聴きたい歌がたくさんあって、眠るコトすらもどかしかった。全力だった。全力で樹愛を愛していた。オレも樹愛に全力で愛されていたと思う。

平成20年11月

拝復

別れ話でこんなコト書くのは、見苦しいし、いずれあんなコト書かんかったらよかったって、後悔するかもしれん。

でも、言わんとどうしても気が済まんから、あえて言わせてもらう。最低な男やと思って読んでくれたらええ。そんな男やったと蔑んでくれたらええ。

ほな、言わせてもらうぞ。お前、何か勘違いしてんのとちゃうか。何が愛情か、ただの情かわからんようになってきたやねん。お前、オレをゴミかなんかと思っとんのか。好きやの、愛してるやの、おべんちゃら書いとったら、どこまでもつけ上がりよって。何がこんな気持ちで待ってるの失礼やしやねん。あんな手紙書いて、送りつけてくるほうがよっぽど失礼ゆうのが、わからんのか。何を言うても、お前の心には届かんやろうが、オレは本気でお前とチビたちを幸せにしてやろうと思とった。淋しい夜に肩を抱いてやるコトも、祝いの日に指輪の一つすら買うてやるコトも今はできへんけど、その分、帰ったら絶対に大事にしたたろ思とった。オレはどこまでいってても極道やけど、ヤクザでメシ食えんかったら、指ちぎってカタギなってでも、お前らだけには、不憫な思いさせせんとこうって真剣に考えとった。ホンマに待っとってくれたら、人生捧げたろうって本気で思っとった。オレの人生なんてしょうもないかもしれん。でも、そのどうしようもないもんで、誰よりも幸せにしてみせようて。お前が一人で背負ってきたもん、全部オレが抱えて、お前を抱きしめたろうって……。

すまんの、一人よがりで。笑ろたれや。見苦しいって笑ったってくれや。オレは今まで繋ぎとめておきたいがために、色々なコトをお前に書き綴り送ってきたけど、この期に及んでまで、心に思ってへんコトはよう書かん。両手叩いて送り出したるとか、お前らの幸せ祈っとるとか、ありきたりの言葉で、ええ男気取る気なんてさらさらない。

どこまでいってもオレは最低じゃい！　うしろは絶対に振り返らん。この手紙でお前のコトもチビのコトも全部忘れたらぁ。しっかり前を向いて、この試練を乗り越えて、今よりもっと太い男になってみせたる。ようおぼえとけ。こんなクズがおったコトを。

荷物も全部捨てたらんかい。思い出と一緒にオレのもんは、全部捨てたらんかい。二度と会うコトもないやろう。二度とお前のコトは思い出さん。夢にも出てくんな、バカタレ！

この前、リノに出した手紙が本日夕刻に再びオレの元に舞い戻ってきた。どうも彼女は引っ越されたようだ。笑えねえよな。泣きっ面にハチとは、まさにこのコトだ。舞い戻ってきた手紙を一読して、あらためて確信したけれど、オレよ、相も変わるコトなく最低だな。

でも、この胸の痛みはなんなのだろうか。心のどこかでこれを読んだリノが反省し、泣きながら面会にでも来てくれると思っていたのだろうか。どこまでいってもオレという男は滑稽だ。しかし、何もわざわざ樹愛の誕生日に舞い戻ってくんなよな。なんだか余計惨めじゃないか。こんな姿、樹愛に見られたら、笑われるだろうな。

――何泣いてんねんっ。じっちゃん、あんた男なんやろ、男のくせにめそめそしいな！あの頃のままの声で、今のオレを叱って欲しかった。ありきたりやけど、樹愛、誕生日おめでとさんやでぇ。毎年日記に書いとんな（笑）。こんなん言うたら、怒られるかもしれんけど、樹愛も、もう33か。すっかり、おばちゃんなってもうたでな。

山神の実子はどうや。ええ男か？

オレはまたええ恋を捜してそれなりにやるから、樹愛も幸せにしてもらえよ。いつかまた友達として笑って逢えたらええな。会いたないってか。

いつもキャンキャンと懲役に吠えたてる担当のオヤジが今日はやたらとオレに優しかった。ここ最近の手紙のやりとりの内容から、オレの心情を察してくれているのだろうか。官と懲役はどこまでいっても、水と油である。まじわるコトは決してない。されど、官も懲役も人の子だ。何気ない担当の一言にホロリとさせられてしまうコトだってある。人の情けは有り難い。

手紙、やっぱり届かなくてよかったかもしれない。さぶくなってきた。来週は遠く離れた母にでも、便りするか。

平成22年11月

「ご苦労様です‼」

高級車が横づけされるたびに、気合いのこもった挨拶が飛び乱れる。

「おっ、ご苦労さん」

カンロクのある大男が高級車からすべり降りてきた。オレはその男に視線を放ちながら、横に並ぶ、舎弟のツネに小声で尋ねた。

「あれ、誰や？」

「兄貴、吉本の代行でんがな。山陰抗争の時に、相手方の事務所に単身で乗り込んで、死人こそでなんだけど、そこにおった四人、全員の身体ん中にタマいれたゆう、伝説の武闘派でんがな。あの人が実子につくゆうたから、山神は割れんですんだって、もっぱらのウワサでっせ」

ツネが妙に熱を帯びた声で説明してくれるのは有り難いが、実際のところ興味すらなかった。

「ふ〜ん、伝説ねえ」

「またそんな気のない返事して。もっと兄貴もこうやって積極的に義理事なんかにも顔出してやね、横の繋がり広げていったほうがよろしいでっせ。かりにも一家のカシラやってはるんでっから、もっと頼みまっせ、兄貴」

兄貴、兄貴と頼まれても、本人がやる気ないのだから、仕方あるまい。別に何もヤクザをやる気がない、と言ってるのではない。ヤクザは好きだ。好きでこの世界で生きている。ただ、ヤクザは好きでも、当番だとか、義理事にかり出されるのが嫌なのだ。なのにヤクザをやってるおかげで、オレは山神組の二代目歪直しの警備にかり出されていた。ヨソの組織の歪直しの警備にかり出されているのは、ウチの本部と山神組が昔ながらの親戚関係にあるからに他ならない。

くだんの吉本が二人のボディーガードを従え、目の前を通り過ぎていく。まるでウェーブのように、立ち並ぶ組員が次々に腰を折り、気合いの入った「怒声」で、それに答えた。

「ご苦労さんです‼」

オレも「オッス」のかけ声とともに頭を下げた。終始、ニコニコ顔の吉本の姿が会場へと消え去るまで、挨拶は続いた。

「そろそろ兄貴もこういった場面で、挨拶される側にいってもらわんとねっ」

吉本が消えた会場に視線を這わせながら、ツネはしみじみとつぶやいた。

「やかましわい！」

「あいたっ！」

思いっきり、ツネのケツを蹴り上げてやった。その時だった。ざわついていた雰囲気は水をうったように静まりかえり、ゆうに1千万は超えるといわれる超高級車が滑り込んできた。その超高級車の登場に、あたり一面が一気に緊張でみなぎっていくのがわかった。

後部座席のドアが開け放たれる。中からはまるで俳優のような優男が姿を現した。甘いマスクにスラッとした体躯。「親分」という肩書きよりも、「モデル」か「ホスト」といったほうがしっくりとくる。

「ごくろうさまですっ！」

割れんばかりの挨拶が一斉に響いた。今日の主役の登場だった。車から降り立った山神はその挨拶に答えるコトも、表情を変えるコトもなく、二代目山神組々長になるために、ただ会場へと突き進んだ。先程と同じ光景が繰り返され、立ち並ぶ組員が腰を折り、頭を下げた。右から順にウェーブがおこり、山神が近づいてくる。オレの右横に立っていたツネが、気合いの入った声とともに頭を下げた。オレの目の前まで山神がやってきた。オレは頭を下げるコトもなければ、視線を下げるコトもせず、目の前を通過しようとする山神をじっと見ていた。正面に向かって歩を刻みつけていた山神が、足を止めて首を傾けた。

山神の視線の先にはオレがいた。オレもその山神の冷眼を見返していた。絡み合う視線。なぜだかわからない。今さら、樹愛をとられた嫉妬心から、対抗意識を燃やしているのではない。まったくないか、と言われればウソになるが、もう樹愛とのコトは、遠い昔に過去のものとなっていた。オレはオレで今、幸せな場所で生きている。それなのに、なぜか本能が山神に頭を下げるコトを拒否していた。

「何やっとんじゃぁ、こらぁ！　親分が通られとんのやろうが！　頭下げんかい、このアホンダラっ！」

山神にピタリとはりついていたプロレスラーのような大男にがなりたてられた。

「あっ、兄貴ぃ……」

慌てふためいたツネがオレの袖口をひっぱった。オレは山神と絡み合ったままの視線に、一瞬力をこめた後、ゆっくりと視線を外して頭を下げた。

「えろうすんませんでした。ごくろうはんです」

死んだような腐った声だった。

「どこの枝のもんやぁ！　あとで調べとけ！」

頭を下げるオレの頭上を先程の男のがなり声が通り過ぎた。

「兄貴、いったいどないしましたん⁉」

山神御一行が会場へ吸い込まれたあと、たまりかねたようにツネが言った。

「別になんもあらへん」

オレは首元のネクタイを荒々しく緩めた。

「別になんもないって、オヤジに報告されたら、またどやされまっせ」

「知るかっ、アホ」

オレは会場に背を向けて歩き出した。昔からそうだった。己よりはるかに上の者を見ると、妙に意地を張ってしまいたくなる。妙に突っ張ってみたくなる。樹愛のコトが関係しているのか、関係していないのか、オレにもわからなかった。今にも降り出しそうな空を見上げながら、

「まだまだ挨拶される側の人間にはなれそうもないのぉ」

と一人ごちた。

「兄貴！　どこ行きまんねん？」

背中でツネの声が追いかけてきた。

平成20年12月

今日はとてもささくれ立つような嫌なコトがあった。何かといえば、先日、母に宛てた便りの返信が今日届いたのだが、まあ、その手厳しいコト。夕食もそこそこに、急いで届いた便りに目を走らせれば、母のクセのある筆圧の強い文字で、こういうコトが書かれてあった。

手紙読みました。リノちゃんとのコトは知っています。あんたも辛いでしょうが、あの子には三人の子供さんもいてるのです。今のあんたに三人の子供を育てていくコトができますか。できないでしょう。忘れてあげなさい。忘れてあげるコトが一番です。

あんたも色々あるのはわかりますが、だからと言って、私に頼られても困ります。私はもうあんたの母親をやめました。あんたから手紙が来ているコトを知られるだけで、姉ちゃんに怒られます。姉ちゃんはお父さんが死んでから1ヶ月に4~5回は様子を見に来てくれます。そんなに来なくていいと言ってるのに来てくれます。

だから手紙はいりません。迷惑です。あんたも男でしょう。そこにいてるのは、誰のせいでもなく自分のせいでしょう。自分で責任とりなさい。自分で責任をとって帰ってきなさい。ちゃんと仕事して真面目になったら、お父さんの仏壇に線香をあげに来なさい。それまでは連絡してこないで下さい。色々あるでしょうが頑張りなさい。

2万円送ります。洗濯機の調子が悪くて買い替えようとおいていたお金です。寒くなるのでメリヤスでも買いなさい。私のコトは心配いりません。ええカッコせず、自分のコトだけ考えて、風邪を引かないように気をつけなさい。

女に捨てられ、親に勘当され、自業自得の成れの果てとはいえ、次から次に嫌なコトが転がりこんでくるもんだ。それにひきかえ、同室のしんちゃんは今日も、まりちゃんから便りが届き、ホクホク顔でうらやましい。オレは本当にどうなってしまうのだろうか。死んでもいいような気分というよりも、すでにこの世から抹消されてしまったような心境だ。

あいのすけは大きくなったのだろうか。りゅうのすけはあいのすけとケンカしていないだろうか。とらのすけは細やかで傷つきやすい子だから心配だ。もうチビたちの名を声に出して、呼ぶコトもなくなってしまった。これほど淋しいコトはない。

いつの日か、本当に今日という日を笑って思い出せる日が来るのだろうか。苦しい時、辛い時、いつだってその瞬間が過去のどんな不遇よりも苦しくて辛く思うのはなぜだろうか。明日は今日よりましな一日になってくれているのだろうか。

平成22年12月

いつもと変わらぬ朝だった。9時過ぎに目を覚ますとシャワーを浴び、本部へと安否連絡を入れた。こんな感じだ。

「白龍会の塚口やけど、本部のほう変わりないでっか」

「ご苦労はんです。塚口のカシラでっか。今のところなんも変わったコトありまへんで」

「そうでっか。ほなら安否で頼んます。ご苦労やす」

その後、事務所に「出勤」し、夕方までに、細々とした雑用をさばき終え、5時にはツネをともなって外へ出た。

ある程度の立場までいくと、変わったコトがない限り、ヤクザは結構ひまな商売である。ある程度の立場につくまでがべらぼうに忙しく、肉体的にももちろん、精神的にも気苦労がどっさりとつきまとう。また、ある程度の立場より行き過ぎてしまうと、これも同じで忙しくなってしまう。オレにはこの「ある程度の地位」というポジションが一番心地良かった。

男二人がテーブルで向かい合い、チョコレートパフェをつつきあうのは、食べてる本人でさえどうかと思うが、事務所を出たあと、オレとツネは向かい合ってチョコレートパフェをナメていた。

「のんきですよね？」

「なんでやねん」

子供みたいに口の周りを汚して、チョコレートパフェを食べるオレを見て、向かいで頬杖を突いた、ツネがため息まじりにつぶやいた。問い返したものの、確かにツネの言う通り、のんきだった。そして、オレはその「のんき」をこよなく愛していた。

こんなオレのような不良ヤクザでも、コトが起これば、そうは言ってられない。それどころか、最前線に立たされる。だからこそ普段は大抵のコトなら目をつぶってもらえるのだ。良くも悪くもない。それがオレの存在理由。商品価値だった。

「のんき」な世の中とはいえ、明日もその「のんき」が変わらずやってくるという保証はどこにもない。明日、いや5分後に何が起こるかわからないのが、ヤクザの社会だ。殺るコトもあれば、同じ比率で殺られるコトだってありえる。

そんな人生だからこそ、平和な時くらいは、のほほんと「のんき」にチョコレートパフェをナメていたかった。

「ほんと飽きずに毎日よく食いますねぇ」

ツネがまたため息をついた。その時だった。

「あれっ、塚口ちゃう?」

通りすがりの子連れのおばちゃんに声をかけられた。

「どちらさんでしたっけ?」

顔を上げて、そのおばちゃんをまじまじと凝視するが、その表情に覚えがない。子供はあいのすけと一緒ぐらいだろうか。女の子だったけれど、もちろんその顔にも覚えがない。

「ほら、ウチやんかぁ。しおりやん。中学の時、一緒やった」

「しおり……あっ! 思い出した。山中しおり! しおりやんケッ」

オレはあまりにも突然な再会にびっくりしてしまい、スプーンをくわえて思わず立ち上がってしまった。中学時代、女子の中で一番、樹愛と仲の良かったのがしおりだった。

えらい、おばはんなったから、わからんかったわーー口元まで出かかったけれど、さすがに本音はひたかくし飲み込んでおいた。

「ちゃうわっ、中山よ。今は結婚したから、苗字変わって中西なったけど。ホンマ、塚口は相変わらず変わってへんねんから」

おっとりと間延びしたしゃべり方も、あらいぐまのような表情も、そう言われてみると、昔のしおりだった。よく見れば、目元や口元が懐かしい。連れている女の子もどことなく、小学生の時のしおりを彷彿とさせた。しおりと逢うのは久しぶりだった。最後に会ったのはいつだったろうか。樹愛と一緒に暮らしていた頃、よく家に遊びに来ていたので確かそれが最後だろう。

「一瞬、わからんかったけど、えらくこうなんてゆうかたっぷりしてきたんちゃうんかい」

そう言いながら、オレはしおりのハラのゆるみを服の上からつまみ上げた。

「ちょっと何すんのよぉ！　セクハラで訴えるでぇ。ほんならまたムショに行かんとあかんようになるでぇ」

「何がムショやねん。アホちゃうか」

時空を一気に飛び越えてしまったような錯覚を覚えた。こうやって、いつもしおりとじゃれ合っていた。じゃれ合いながら、隣でクスクスッと笑っている樹愛の気を引こうと一生懸命だった。

「お嬢は何年生ですか？」

しおりの横で、ママとオレの会話を不思議そうに眺めていた、しおりの娘にオレは話を振った。一瞬、しおりの娘は、かたまったように目を大きく見開いた後、昔に比べずいぶんとたくましくなってしまった、ママの後ろへとピョコンと隠れてしまった。

その仕草が可愛らしくて、微笑みがもれた。

「もうこの子あかんねん。人見知りが激しいから、初めての人とようしゃべれへんねん。ホンマ、誰に似たんやろう。ダンナは女ゆうたら、誰とでもすぐ仲ようなるのに」

「何ゆうとんねん。小学生の頃のお前もずっと下ばっかり向いとって、恥ずかしがり屋やったやんケッ」

すぐに女の子と仲良くなってしまう、父親似ではなさそうだった。

「お嬢、おっちゃんがお小遣いやろなっ。これでなんかオモチャでも買いっ」

オレは無造作にテーブルの上に置かれていた、ツネのサイフの中から、1万円札を抜き取ると、お嬢の小さな掌に握らせた。ツネは「えっ」という顔でオレをまじまじと見てきたが、当たり前の如くムシしておいた。ママの後ろからちょこっと顔を出したお嬢は、1万円札を受け取ると、消え入りそうな声で、「ありがと」と言って、また隠れてしまった。

「もうこんなもうてぇ、ごめんな。えり、ちゃんとありがとうゆうたんっ。ホンマに、塚口ごめんな。ホンマ、すいません」

最後のすいませんは、オレにではなく、ツネにだった。オレはこの十数年ですっかりと「おばちゃん」になってしまったしおりがおかしかった。バカにしているのではない。うらやましいのだ。オレにはない、穏やかな時の流れの中で生きているしおりがうらやましかった。毎日が楽しいコトばかりの積み重ねじゃないだろう。平凡で退屈でつまらないコトばっかりだと思う。それが穏やかな暮らしであり、だからこそ、小さな喜びに至福を感じられるのではないか。しおりだけではなく、多くの人たちが、そういう暮らしの中で生きている。そんな平凡な暮らしなんてまっぴっらごめんだ、と思っていたはずなのに、今はその平凡な暮らしこそが、本当の幸せではないだろうかと思うオレがいた。

「ほんなら塚口行くな。ホンマ、あんまりケイサツにばっかり捕まっとったら、そのうち死刑にされてまうでぇ」

「お前もな、あんまり食べ過ぎんようにせな糖尿なって、早死にすんどっ」

「ほっといてよ！　じゃあね」

これで別れていれば、オレの人生も結構、平凡なままで終わっていたかもしれない。少なくとも、今日はあいのすけと一緒にアニメのＤＶＤを借りにいって、帰りにコンビニに寄ってあいのすけの大好きなイチゴ大福を買って、それを家までの帰り道で食べながら、あいのすけにどれだけ借りたＤＶＤのアニメがおもしろいか、レクチャーを受けて一日を終えていたはずだった。こんなコトさえ聞かなければ……。

「あっ、そうや、塚口。樹愛の話、知ってるやんなっ」

別れ際に思い出したように言うしおりの声は、さっきとは打って変わって、なんだか暗く沈んでいるように感じられた。

「おう、なんでも大親分の姐になったたんとちゃうんか。いつやったかな、いっぺん会うたど。確か出所してすぐやったから、2月か3月やったかな。ほら、十間の交差点のところにコンビニあるやろう。あそこで会うたでぇ」

「何ゆうてんのっ。塚口、あんた本気でゆうてやんのっ。人違いやろう」

しおりが怪訝そうな顔して、きっぱり否定するので、その意味がつかみきれず、少しムキになった。

「なんでやねん、会うて喋ったゆうねんっ」

車に乗せてドライブしたとまでは言わなかった。誤解されるようなコトは何もなかったけれど、いちいち言わなければいけない理由もない。

「塚口、あんたホンマにゆうてんの?」

オレはコクリとうなづいた。何をしおりは怪訝そうな顔をしているのだろうか。不思議で仕方なかった。

「だって、樹愛死んでんよ。7年も前に……」

何のコトを言ってるのか、その時はまだ理解するコトすらできなかった。

平成6年冬

特別何が原因でそうなっていったか、自分でもわからなかったけれど、オレは次第に平凡な暮らしに嫌気が差すようになっていた。顔を見られるだけで嬉しかった樹愛とこうして一緒に暮らしているというのに、なぜかいつもイライラしていた。毎日、25万ばかりの金のために泥まみれになるまで働いて、老いぼれたように腐っていく自分自身が惨めでしかたなかった。

そして仕事も休みがちになり、樹愛とケンカする回数が増えていった。想いは一つも変わらないというのに、それどころか樹愛に対する気持ちは、日を増すごとに強くなるというのに、心に宿ったイライラを抑えきれず、オレは次第に変わっていった。

「男は働いてナンボやろっ！　じっちゃんは樹愛を幸せにしてみせんのと違うんか」

明日行く。明日は必ず仕事に行くと言っては休み、それが5日続いた日の朝、樹愛がキレた。いつの間にか、上目づかいでオレを見つめるちょっとすねたような甘えた表情も、オレだけに聞かせてくれていたちょっとすねたような声も、樹愛から消え去っていた。

「だから明日から行くゆうてるやんケッ！　ごちゃごちゃゆわれたら行く気なくなるやろが」

オレはイライラしながら、眉毛をかきむしった。イライラしてる理由を自分が作っているのはわかっている。だけど、それをどうするコトもできない自分自身に、またイライラを募らせた。樹愛は誰が見ても、美人という女だ。オレ自身がわかっていた。オレにはもったいない女だというコトを。こんなコトを、いつまでも繰り返えせば捨てられてしまう、こんなコトをいつまでも繰り返えせば逃げられてしまう、
それが恐怖となってオレを追い詰めていった。樹愛のいない明日なんて考えられない。樹愛と別れるくらいなら死んだほうがましだ。だったら樹愛の言う通り、真面目に働けばいいのだ。もっとしっかりすればいいのだ。それができず、やろうともせずイライラばかりを募らせていた。そして血だらけになるまで身体の至るところをかきむしった。結局ダメな奴というのは、どこまでいっても、どうしようもない。

「何がよ！　何もゆわへんかったら、行きもせんからゆうてんのやろ！　仕事もろくにせんクセに、簡単に女幸せにするとかゆうなっ」

「やかましわい！」

オレはコブシを振り上げた。

「殴るんやったら殴ってみんかいっ。あんたそこまで落ちんねんな！　やれるもんやったら、やってみいやっ」

振り上げたコブシは振り下ろす場所をなくしてわなわなと震えていた。

「クソッたれがあ！」

オレは力いっぱい洋服ダンスを殴りつけた。「バギッ」という音とともに、コブシがめり込み、打ちつけたコブシに激痛が走った。

オレは何をしているのだろう。樹愛に嫌われるために、生きているのだろうか。樹愛に嫌われるまで、オレの愚行は止められないのだろうか。

自己嫌悪がまた一つ増え、オレは激しく眉毛をかきむしった。

平成21年1月5日

刑期も残り1年を切った。気分的にずいぶん楽になる。来年の今頃はこうして、ここに座ってるか、いないかというだけで、えらく違うように思う。

出所したからといって、楽しみばかりではない。正直、今は不安のほうが強い。未練がましい話だが、ずっとリノが待ってくれているもんだ、と思っていたから心の余裕があったけれど、すべて出所後のことを一人でやらなければならなくなった。それを思うと、不安でしかない。金もない。女もいない。コンプレックスのかたまりのような、うだつのあがらない30過ぎのムショ帰りに、いったい何ができるのだろうか。出る前から気が滅入ってくる。

小説を書いて世の中を見返してやる、という野望はいまだ消え果ててはいないが、書く気がしないのだから、どうしようもない。ないないづくめで申し訳ないが、今日で2ヶ月、便りがない。誰からもない。もちろん面会など何ヶ月もない。良いコトなんて本当に一つもない。

「いいコトがなくとも、悪いコトがないだけ、まだましだにぃ〜」

前科十八犯の置き引き専門のじいさんがさとり顔で言ってたが、これ以上、次から次に悪いコトがあってたまるか！

今日も一日、何事もなく過ぎていった。

平成22年12月

オレが見た樹愛はいったい誰だったのだろうか。しおりの言う通り、人違いだったのだろうか。そんなはずはない。一目見ただけなら見間違いもあろうが、あれだけの時間、一緒にいて見間違いや人違いで片づけるのは、いくらなんだって無理がある。

だったら、なんの意図かわからないが、しおりはオレのコトをかつごうとしているのだろうか。それもすぐに打ち消された。なぜならば昔の友人、知人にランダムに電話をかけ、確かめてみたからだ。みんながみんな、同じことを口にした。

その話はこうだ。中で聞いた通り、山神と樹愛はやはり一緒になっていた。だが山神にとって樹愛は大勢の女の中の一人でしかなかった。お決まりの暴力。行き着く果てに覚醒剤である。最後は風俗に沈められ自らの人生に終止符を打ったというのだ。

よくある話だ。オレが住む社会では、どこにでも転がっていそうな話だ。笑うしかない。笑うしかなかった。信じるとか信じないとか、そんな次元の話ではなく、笑うしかなかった。とてもじゃないが、普通の精神状態で聞けるような話ではない。笑いでもしなければ、こっちがおかしくなってしまいそうだ。オレは誰よりも樹愛という女を見てきたつもりだ。シャブに風俗、そして自殺……笑うしかないだろう。

「というコトで覚醒剤、不良外国人との交際、破門、絶縁者との交友および商談、縁組み、他組織との抗争厳禁など、徹底して厳守するようにとの本部通達です。各組員には徹底して指導しておいて下さい。特に、山神の二代目とは、親分が「兄」、「弟」の関係になり、舎弟の盃を下ろすコトになりましたので、そこのところを充分理解し、くれぐれも間違いだけは起こさないように、との親分のお言葉です。以上、何かご意見、ご質問ありませんか。なければこれをもって本日のカシラ会を散会しますが……」

正面中央に座る木島組若頭の弓場が、この場に集う枝の各組織のカシラを見渡した。

「親分が舎弟盃下ろしたから、ワシらに山神には気つかえ、そうゆうてんのかっ」

言ったのはオレだった。全員の視線がオレへと集まるのがわかった。弓場はインテリ風メガネに指をあてながら、何を言ってんだか、という表情を作って答えた。もともとオレは、この手の経済ヤクザなんて呼ばれる輩が気に入らなかった。

「白龍のカシラ。あんたも子供じゃないんだから、いちいち聞かなくてもわかるでしょうが」

弓場はハナで笑い、小バカにした口調でオレをたしなめた。場内に失笑が漏れた。

「わからんから聞いとんやろがあっ！」

オレは怒鳴り返していた。何を熱くなっているのだろうか。とうの昔に別れた女のコトじゃないか。オレは何をイライラしているのだろうか。しおりから樹愛の話を聞いて以来、これまで無理矢理、抑え続けていた感情の塊が一気に爆発しそうになっていた。オレは何をしようとしているのだ。ただ心は荒れていた。心は苦しかった。

夢でなければ、なぜ樹愛はオレの前に姿を現したのだろうか。夢とは思えなかった。夢になんてできなかった。偶然の邂逅を果たしたコンビニの入ったマンションの屋上から飛び降り、樹愛は命を絶ったという。なんてでき過ぎた話だ。そんなストーリー、使い古されすぎていて、映画の中でさえ、お目にかかるコトが難しくなったというのに、現実の世界で、オレの目の前で起こってしまったのだ。

オレは何も知らなかった。樹愛が苦しんでいたコトも。樹愛が死んだコトも。何も知らないくせに、樹愛を見て、その表情を見て、幸せにやってるもんだと勝手に決めつけたりしていた。オレはいつだって女心というヤツが一つもわからないマヌケな男だ。

樹愛はなぜ、オレの前に姿を現したのか。そればかりを考えていた。オレはギリギリのところに立っていた。いつフラッと立っているところから落ちてしまってもおかしくない場所に立っていた。


「死ねぇ！」

銃口が額に向けられ、指先が絞られた。プシュー、顔面に飛び散る血潮ではなく、水しぶき。

「死ねっ、死ね。死ねえっ！」

ヒットマンにしては可愛すぎるあいのすけが、続けざまに水テッポウの水しぶきを上げまくる。

「まいった、まいった、もう終わり。ちゃんとつからな風邪引くで。肩までつかり」

あいのすけは浴槽につかるのが嫌いだった、というよりも、一ヶ所でじぃっとしているのが苦手なのだ。

「もう上がってええ?」

あいのすけは顔を真っ赤にして、アップアップしている。

「あかん。あと30数えてからなっ」

「えっ~」

あいのすけにしても、とらのすけにしても、りゅうのすけにしても、オレは分け隔てするコトなく、彼らを愛していた。本当のオレの子供かどうかなんて、そんな小さなコト。オレには関係なかった。三人はオレの大切な宝物だった。

叶うならば、このまま穏やかに時が流れ、三人のチビたちが立派になるまで、リノと側で見守っていきたかった。危うい精神状態の狭間で、オレは踏ん張っていた。弾け飛んでいってしまいそうな中で、チビたちの存在が、リノの存在が、オレを繋ぎ止めてくれていた。

「……29、30!」

叫び声と同時に、あいのすけは弾けるように浴槽から逃げ出していった。

「こらっ、あいっ! ちゃんと身体拭かんかあっ」

小さなお尻に向かって叫んだが、あいのすけは台風の如く、風呂場から飛びだしていってしまった。もちろん扉は、そのまま開けっぱなしだ。

「ちゃんと身体拭いてきてから、上がってこんといかんでしょ」

あいのすけを叱るリノの声が聞こえる。キャンキャンと嬉しそうにはしゃぎ回る、ラブの声も聞こえてくる。オレは細いため息をゆっくりともらしながら、バスタブへと身を沈め、両手で顔をぬぐった。

もしもリノとチビたちがいなければ、オレに家族という場所がなければ、どうしていただろうか。組に迷惑をかけるどころか、自分が在籍する組織からも、タマを狙われるのを覚悟の上で、オレは樹愛の仇を伐とうとしただろうか。何年も前に終わった「初恋」のために、オレはチャカを握りしめただろうか。殺しても殺されても報われるコトのない破滅への道を、突き進んでいっただろうか。

この憤りも、時間がきっと和らげてくれる。オレは両手でお湯をすくい、何度も何度も顔に打ちつけた。

平成6年冬

樹愛は泣いていた。初めて見せる泣き顔だった。オレの両コブシからは血がしたたり落ち、割れた床に散らばったガラスを赤く染めていた。

「自分の人生やねんから、もっと大切にしないかんて……」

樹愛の嗚咽だけが、いつまでも静かな部屋で続いていた。もうそこには、二人で聴いたあの曲も流れていなかった。結局、こうなってしまった。

翌日、家に帰ると樹愛は部屋の中から消えていた。テーブルの上には、置き手紙と誕生日に贈ったネックレスが一緒に置かれてあった。オレは起こるべくして起きた事態に、予想していながらも茫然と立ち尽くし、こわばる手で置き手紙をとった。

ごめん、じっちゃん、もう疲れてもうたかもしれん。

樹愛がそばにおっても、今のじっちゃんのコトは何もわかってあげられへん。それが余計にじっちゃんを苦しめてしまってるかもしれへん。樹愛も辛かった。そばにおっても、何一つ支えてあげられなくて、だんだんと変わっていってしまう、じっちゃんを見るのが辛くて辛くて仕方なかった。
じっちゃんのコトは好きでいたい。嫌いになりたくない。このままずっと一緒にいれば、樹愛はじっちゃんのコト嫌いになってしまう。だから出ていくコトにしました。
勝手なコトしてごめんー
ＰＳ．　あんまりイライラしてかいたらいかんで

「もうっ、かいたらいかんて」

という言葉をいつの間にか、樹愛の口グセにさせてしまった。この日をさかいにして、オレの中で何かが壊れた。自ら、さらにすべてをブチ壊していった。今まで大切にしていた友人も裏切り、利用して踏みにじった。やりたいコトだけ、それが人が嫌がるコトであろうが、人に恨まれようが、この手ですべてやっていった。止まりはしなかった。もちろん振り返りもしなかった。誰の声にも耳を傾けず、誰もオレを止められなかった。気付けば、樹愛との未来を失った掌の中に、シャブを握りしめていた。

昔の友が一人、二人と去っていき、一人、二人とクズ以下の仲間が増えていった。最後

までオレを見捨てるコトなく、腐ったどす黒い場所から、救い出そうと必死になってくれた友人をオレは殴り殺し、行き着くところまで辿り着いてしまった。

「ええから、いっぺんだけ、ホンマいっぺんだけ出てきてくれやっ！　頼むって、ホンマ頼むって！」

インターフォンに向かってかれた声を上げ続けた。

「もうっ、じっちゃんやめてえやっ。お願いやから、やめてえや」

泣き混じりの声が、スピーカーの向こうから帰ってきた。

「頼むって、なぁ！　頼むって。開けてくれやっ！　なぁって！　樹愛頼むって！」

友を殴り殺し、ケイサツに追われていたオレは、シャブを大量にブチ込み、狂ったように樹愛の実家のドアを叩いていた。

「お願いやから……もう、やめてって……」

それが樹愛から聞いた最後の言葉になった。気が付けば、オレは十人を超えるケイサツ官に囲まれていた。

「触るな、コラァ！　ブチ殺してまうど！　放せっ、放せや、コラッ！　樹愛！　きあいー」

狂った叫びは、上げたそばからかき消された。狂った愛は、警察の介入により、終止符を打たれた。クズはどこまで行ってもクズだった。

平成21年10月

10月1日

肌寒くなってきた。昨日までの暑さがウソのようだ。昨晩は久しぶりにあいのすけが夢の中に出てきた。夢なんてほとんどみたコトないオレが珍しい。受刑生活も残すところ、3ヶ月だ。ぐっと娑婆が近づいてくるような気がする。同房のしんちゃんや身内の先輩たちが、

「出所までもう少しやから、イライラしやんと、大事に努めや」

と口々に言ってくれるので有り難い限りだ。担当のオヤジも何かと気にかけてくれ、声をかけてくれる。特に良いコトもないが、悪いコトもない、穏やかな毎日が続いている。

昨日より書き始めた小説は、出所までに、書き上げるコトができるだろうか。今頃、リノやチビたちは何をしているだろうか。今ならば、「幸せになれよっ」なんて、高倉のケンさんになってやるコトもできそうだった。届くコトのない手紙をオレはリノにしたため

た。

リノへ

何通、何十通、これまで、お前に便り書いたやろか。届くはずのない手紙を今こうしてまた書いている。わかってくれ、とは言わんし、懲役行ったコトないお前に、中の人間の気持ちはわかりにくい思うけど、懲役というのは、どれだけ周りに気心の許せる友人や知人がいたとしても、所詮オノレ一人やねん。社会の窓口がお前だけやったから、毎日届いていた手紙がなくなったり、面会がなくなったりして、正直しんどかったで（笑）

気持ちが離れてもうたんは、中にこうしておるオレのせいやなって思ったら、お前を責めるコトはできへんわな。未練がましいコトは書かへんけど、あれから1年経った今でもまだ狭量のオレは両手叩いて、お前のコトを送り出してやるコトが正直できそうもない。

でも、お前やチビたちには幸せであって欲しいといつも思っている。男と女ゆうもんはええ時もあったら悪い時もある。オレと付き合うてわかった思うけど、オレはどこまでいってもヤクザでしか生きれん人間や。そんな人間ゆうのが、世の中にはおる。お前らのために別の道をと思った気持ちにウソはないけど、ヤクザを辞められたかと言われたら、結果的にウソになっていたと思う。だからもし、今度偶然どっかでおうた時に、オレみたいな男連れとったり、不良と一緒になったって耳にしたりしたら、がっかりやで。いらん世話かもしれんけど、ヤクザも不良ももうやめときや。懲役も行きよるし、女も泣かしよる。それが良くも悪くもヤクザや。カタギの勤め人と一緒になって大事にしてもらわなあかんぞ。

そしてチビらを立派にしてやって欲しい。もうオレはお前に何もしてやれんけど、またいつか今度は友達として、笑い合うコトができたらええなと思う。チビらのコトはあえて淋しなるから、書かんとくわ。

追伸
ホンマやったら、もっと早くに面会や手紙がないのを見て、オレのほうから別れを切り出さなあかんかったんやけど、それができんでお前に嫌な役させてもうた。ごめんやで。

平成22年12月

——あなたを愛します。

樹愛が好きな花、胡蝶蘭の花言葉。オレは胡蝶蘭を抱え、樹愛と15年振りに再会を果たしたコンビニの前。樹愛が自らの意思で命を絶った場所に立っていた。

オレは樹愛が空から舞い降りた場所。自動販売機の横に胡蝶蘭をたむけ、線香代わりに火をつけたタバコをそなえた。そこには、オレの供物以外に何もたむけられていなかった。

それだけ時が流れてしまった。

ただ自動販売機の片隅で、勿忘草《わすれなぐさ》が淋し気に揺れていた。

オレはしゃがんで手を合わせた。祈り終えると自分のためのタバコを取り出し、火をつけた。深く吸い込み、ゆっくりと紫煙を吐き出した。夜空へと立ち昇っていくそばから、紫煙は儚く消えていった。ただ、オレはその紫煙を眺めていた。

人の命もそういうものかもしれない。その場所から背を向けて、歩きかけたその時だった。

なんとなくそうなるんじゃないかと思っていた。振り返った視線の先には、樹愛が立っていた。

「じっちゃん」

現実からずいぶんとかけ離れてしまった話だ。目の前に映る樹愛が死んでしまっているなんて、悪い夢を見ているようだった。美しかった。哀しくなるくらい美しかった。

「聞いたんやね……」

樹愛は少しだけ淋しそうにつぶやいた。オレはその声を聞いて、「樹愛は本当に死んでしまったんだ」と実感した。死んだ人の声を聞いて、死んだコトを実感させられるなんて、おかしな話だ。

「ああ」

オレは短く答えた。言いたいコト、言わなければいけないコトは腐るほどあった。なのに、何も言葉にならない。

「じっちゃん、勘違いだけしやんとってな。別に翔ちゃんのコト、怨んでるとか、憎んでるとかそんなんやないからな。ユーレイの樹愛が怨んでるとか、怖いでなっ。ただな、じっちゃんのコトがずっと心配やってん。それでどうしても……」

「そんなんゆわんでもわかっとるて」

多分、本当に樹愛は山神のコトを、憎んでいないのだろう。憎んでいる相手のコトを死んでまで、「翔ちゃん」なんて親しく呼んでみせるコトなど、できるわけがない。憎んでいないから、怨んでいないから、オレの前でも山神のコトを「翔ちゃん」と呼ぶコトができるのだ。だったら、なぜ樹愛は自ら命を絶ったのか。それは堕ちていく自分自身が許せなかったからだと思う。オレが死ぬほど愛した樹愛は、そういう女だった。

「わかっとるて。そんなんわかってるがな。でも樹愛、死んでまで、オレの心配なんてせんでええ。オレはオレでなんとかやっとるから、もうお前は、なんも心配せんとゆっくり休んでくれや」

不思議な感覚だった。夢の中を彷徨っているような、そんな感覚だった。ただ胸だけは苦しくて、切なくて、やり切れなかった。

「ごめんな、じっちゃん……」

樹愛が言った。

「なんで謝んねん。なんでお前が謝んねんっ」

抑えようとしていた感情が一気にあふれ出した。

「なんで、お前が謝らんんといかんねん。謝らんとんといかんのはオレのほうやろうが。

辛い時とか、苦しい時に、お前のコト、助けてやるコトもできんで、好きな女のコト、守ってやるコトもできんで、淋しい想いばっかりさせたのに……。腐るほど迷惑ばっかりかけたのに、なんで、お前がオレに謝らんといかんねん！　なんでオレに謝るねん……」

いつの間にか、オレの声は、細かく震えていた。

「楽しかった。ホンマに楽しかった。じっちゃんと一緒にいて、嫌なコトもいっぱいあったけど、ムカついてしばいたろって思ったコトも、いっぱいあったけど、ホンマに楽しかった」

あふれ出した涙は、もう止まらなかった。涙で霞む目を必死に拭い、樹愛を目に焼きつけようと抗った。

「じっちゃん、じっちゃんにヤクザはむいてへんで。じっちゃんは優し過ぎぎんねん。ちゃんと仕事して彼女とチビたちのコトを幸せにしてあげな。樹愛にできへんかったコトを彼女とチビにしてあげたってや。そしたら樹愛はなんも心配せんと逝くコトができるからや。これが樹愛の最後のお願い」

「うっ、うるさいわぁ。勝手に死んだクセに、オカンみたいなコトゆうな……」

オレは泣きながら、いつの間にか、ガキの頃のような喋り方になっていた。べそをかくオレを、樹愛は包み込むような優しい笑顔で見ていた。まだオレの前には樹愛がいた。確かに優しい微笑みを浮かべて、オレを見ていた。

「ほなっ、じっちゃん逝くね」

「ちょっ、ちょっと待てや。まだ、あかんて、まだあかんてっ」

文字通り、この別れは永遠のものになってしまう。オレは樹愛の言葉にひどく、うろたえ、狼狽した。樹愛は優しく、静かに首を振っていた。その表情が、身体がもう抱きしめるコトも叶わないほど透き通り薄くなっていく。

「待て、待ってくれって。なんでいつもお前は、いきなり消えてまうねん！　まだ待ってくれって、まだいかんとってくれてっ」

オレは神の掟、人類の定めに必死になって抵抗し続けた。何もまだ言葉にしていなかった。言わなければいけない言葉を一つも、口にできていなかった。

「ありがとねっ、じっちゃん」

樹愛の輪郭があやうくなっていた。

「今さらやけど、樹愛のコトずっと好きやってん。別れてからも、ずっとずっと好きやってん。幸せにしたかった。オレが幸せにしてやりたかった。ごめんやで、樹愛。オレはいつまでも樹愛のコト愛してるから、忘れへんから、もし淋しなったらいつだって戻ってこいよ」

もう目の前に樹愛の姿はなかった。「ありがとねっ」という言葉を、樹愛は最期にこの世界に残して、空の彼方へと消えていった。オレはその場に崩れ落ち声を上げて泣きじゃくった。子供みたいに泣きじゃくった。いつまでも、涙は枯れるコトなく、流れ続けた。遠くで、長いクラクションが鳴り響いた。

――樹愛、いずれオレもそっちに行くやろう。もうオレは大丈夫やから、何も樹愛は心配せんと、そっちでゆっくりしとってくれ。そっちに行く時は、ちゃんとカタギになって逝くから、ちゃんと今度こそ真面目なって働くから、もういっぺんオレとあの世で一緒になってくれへんか。もう二度とお前を一人にさせへんから、一緒になってくれへんか。なぁ樹愛、オレのこの声は聞こえてんのか？　なぁ樹愛……。

窓の向こうに流れる景色は、雨で濡れていた。なんだか泣いてるような、悲しい雨だった。前方の信号が、まばゆい赤に切り替わり、運転席のツネがゆっくりと、ベンツをスローダウンさせていく。後部座席のオレから見ても、ステアリングを握るツネの肩がこわばっているのがわかる。

「怖いか？」

オレは優しく声をかけた。

「ワッ、ワシ、兄貴の舎弟にしてもうた時から、兄貴とやったら、地獄でもどこでもついてったろうて、思ってましたよって大丈夫でっせ」

こわばった声だったけど、ツネは後部座席のオレを振り返るコトなく、はっきりとそう口にした。うだつの上がらない、オレみたいなくだらない男と一緒に、心中してくれようとしている。舎弟とはいえ、オレにはでき過ぎた弟分だった。

——ありがとな、ツネ。

オレは口には出さず、胸の中でつぶやいた。

「ツネっ、いつものかけてくれ」

ツネは黙って、カーステのスタートボタンを押した。静かなメロディーが車内に響きわたり始める。何度オレはこの歌を聴いただろうか。愛を奏でたスローバラード。樹愛と一緒だった時も、一人ぼっちだった時も、オレはいつもこの歌を聴いていた。樹愛から教えてもらったこの歌には、喜びも悲しみも、ときめきも戸惑いも、過去も未来もすべてが詰まっている。塀の中でこの曲がラジオから流れて嬉しくなり、日記へとつけたのが、えらく遠い昔のように思えた。また向こうにいけば、樹愛と一緒に聴くコトができるだろうか。

わかったコトが一つだけあった。オレはずっと、樹愛を愛していた。別れてからも、そして今だって……。

「兄貴、着きましたでっ。この裏の階段から上っていったらガードもなんもいてまへん」

オレとツネが乗ったベンツは、高級クラブが入ったテナントビルの裏側に停車していた。

「行きまっか」

運転席から降りようとする、ツネを制した。

「ツネっ、お前はもう帰れ」

「何ゆうてまんねんっ。びっくりしますわ。ワシも行きまっせ。安っぽいテレビドラマみたいなコトゆわんとってくんなはれ」

「ええから帰れ。オレにもその安っぽいドラマの主人公みたいなコトゆわさすな。これはオレのケジメや。オレのケジメやねん」

オレは後部座席のドアを開け放ち、最後にこう付け加えた。

「その代わり、ツネ。すまんけど、あれらのコトだけは、遠くからでええ、見守ってやったってくれへんか。一番下のチビが成人するまで、見守ったってくれへんか」

「でも、兄貴！」

「頼むわ、ツネ」

ツネは唇を噛み締め、無念の表情でうなづいた。オレはうなづき返すと、ふところにのんだチャカに手をあてながら、ゆっくりと地上に降り立った。オレは降りしきる雨の中、一歩、一歩踏みしめるように歩いた。この道の辿り着く先に、答えがないのは、わかっている。だけど、戻る気はなかった。

「兄貴！　またチョコパフェ食いに行けまっかぁっ！」

ツネの追いかけてきた叫びに右手を軽く上げて、一気にオレは駆け出した。目的のクラブの前まで辿り着くと、オレは躊躇するコトなく扉を開けた。駆け寄ってくる黒服を押し退けて、店の奥にあるＶＩＰルームへと向かった。

「なんじゃい！　ワレェ」

オレの姿を認めた男が、激しい怒声とともに立ち上がりかけた。その男にオレは右手のチャカをピタリと合わせた。男の姿勢は中腰のままで、そのまま停止した。動けば迷わず、旅の道連れにしてしまうつもりだった。オレは左手に握ったもう一丁のチャカを、高そうな女に囲まれて、深々とソファーに身を沈めた優男に合わせた。

チャカを突きつけられているというのに、凍りのように冷たい表情は、微動だにしなかった。どうも親の七光りだけで、山神組の頂点に辿り着いたわけではなさそうだった。

「動くなっ」

オレの言葉ではない。背後から、そうオレが言われたのだ。後頭部に冷たい金属のかたまりが押しつけられた。確認しなくても、押しつけられたのが、チャカだというコトはわかった。

「ゆっくりチャカおろさんかいっ。そうすれば命だけは助けたる」

背後の男の声。心配するな。今さら助かろうなんて気はさらさらない。オレはせせら笑い、目の前に座る山神を見据えた。

「お前、あの時のヤツか」

盃事の時のコトを思い出したのだろう。無表情だった山神の顔に、わずかだが感情がのぞきかけた。

「誰や、お前？」

冷え冷えとした声。チャカを突きつけられ、命の瀬戸際に立たされているというのに、山神の声には乱れもなかった。オレは山神を見おろしながら答えた。

「塚口や。オレが塚口樹里じゃい」

山神はなんの感情もこもってない、氷りのような冷眼でオレを見返したあと、はっと思い出したような顔つきに変わった。その顔には、先程までとは違う、驚きとも戸惑いとも受けとれる色がはっきりと浮かんでいた。

「お前が塚口か。樹愛と昔付き合うとった……」

「お前が軽々しく、樹愛なんてぬかすなっ！　お前に樹愛を語る資格はないんじゃ！」

気がつけば、四方八方からチャカをつきつけられていた。

「ハッハハハハッ」

山神がけたたましい程の笑い声を上げげた。

「なんやぼくぅ？　今頃、あの女の仇討ちかぁ。純情やのぉ。あれも草場の陰で喜んでんど」

そこまで喋ると、一転させて山神は口調を変えた。

「ホンマ、オノレらは、どこまでいっても、思考が暴走族やのお。やれるもんやったら、やってみんかいっチンピラ！　山神５００人の頂点はダテやないどっ！」

怒声とともに山神は立ち上がった。

とらのすけの顔が浮かんだ。

りゅうのすけの顔が浮かんだ。

あいのすけの顔が浮かんだ。

リノの顔が浮かんだ。

最後に樹愛の顔が浮かんだ。

そして、すべての顔が消えていった。オレは中腰の男に合わせていたチャカを左にスライドさせ、山神に合わせた。

「笑いながら、死んだらあぁぁっ！」
二丁のチャカを山神めがけて、同時に絞った。今度生まれ変わったとしても、やっぱり男で生まれたいわな。好きな女を笑わせるために一生懸命になるような、そんなバカな男でありたいわな。オレの命は確かな生きた足跡をこの世に残して、闇の中へと儚く消えていった。

「樹里ってゆうんとちゃうん。アタシも樹木の樹ってゆう字に愛ってかいて、きあいってゆうねん。セイヤァ、ハァッ！」
正拳突きのポーズをとる樹愛の顔は笑っていた。

平成21年12月28日

なんの前触れもなく、今日いきなりリノが面会へとやってきた。最初、今さらなんやねん、って正直思ったけれど、泣きながら謝るリノを見て、オレも泣いちまった。４日後の出所には、チビたちを連れて迎えにくるから、もう一度やり直して欲しいと言われた。あいのすけが毎日オレの話をして、一人で盛り上がっているという。わかったと答え、リノとやり直すコトを決めた。

正直、オレは今の今まで、リノのコトを恨んでいた。人が困っている時に、他の男と一緒になった奴なんて、死んでしまえと思っていた。それが心からホッとしているのは、なぜだろうか。喜んでいるのは、なぜだろうか。胸いっぱいになって、昼食も夕食もノドを通らなかった。

同室のしんちゃんが一緒になって泣いてくれた。考えてみれば、しんちゃんとは2年もの間、同じ部屋で寝食をともにして暮らしてきた間柄だ。自分のコトのように喜んでくれるしんちゃんを見て、また男泣きしてしまった。

びっくりするコトは続くもので、午前の作業中、ずっと音信不通だった姉から電報が届き、女の子を出産したというのだ。名前は「茜」と書いて、あかねとのコト。オレにも姪っ子ができた。

来週からはリノ達たちとの新生活が始まる。この4年間、楽しいコトや嬉しいコトなんかよりも、ぶっちぎりで辛いコトや淋しいコトのほうが多い受刑生活だったけれど、今日、リノが来てくれたコトですべてが報われた。

幸せにしてやろう。どんなコトをしても、チビたち三人を立派に育てあげてやろう。小説も書かなくてはならないし、これから本当に忙しくなる。あと4日でオレも娑婆の人。どんな未来が待っているのか。

面会室からの帰り道、この冬、初めての雪が舞っていた。

今夜は眠れそうもないな……。

沖田臥竜
（おきた・がりょう）

1976年生まれ。自身の経験をもとに執筆活動を始める。ニュースなどのコメンテーターとしても活躍。著書に「生野が生んだスーパースター 文政」（サイゾー）、「尼崎の一番星たち」（サイゾー）、「死に体」（れんが書房新社）など。

忘れな草

2020年4月1日　初版第一刷発行

［著者］
沖田臥竜

［発行者］
揖斐　憲

［発行所］
株式会社サイゾー
〒150-0043
東京都渋谷区道玄坂1-19-2 スプラインビル3F
電話　03-5784-0790（代表）

［印刷・製本］
株式会社シナノパブリッシングプレス

ISBN 978-4-86625-126-4